나는 세계와 맞지 않지만

나는 세계와 맞지 않지만

진은영 산문

마음산책

나는 세계와 맞지 않지만

1판 1쇄 발행 2024년 9월 15일
1판 5쇄 발행 2024년 11월 20일

지은이 | 진은영
펴낸이 | 정은숙
펴낸곳 | 마음산책

담당 편집 | 성혜현
담당 디자인 | 한우리
담당 마케팅 | 권혁준·김은비
경영지원 | 박지혜

등록 | 2000년 7월 28일(제2000-000237호)
주소 | (우 04043) 서울시 마포구 잔다리로3안길 20
전화 | 대표 362-1452 편집 362-1451 팩스 | 362-1455
홈페이지 | www.maumsan.com
블로그 | blog.naver.com/maumsanchaek
트위터 | twitter.com/maumsanchaek
페이스북 | facebook.com/maumsan
인스타그램 | instagram.com/maumsanchaek
전자우편 | maum@maumsan.com

ISBN 978-89-6090-894-9 03810

* 책값은 뒤표지에 있습니다.

"나는 시작詩作을 중단하지 않았다."

이 말은 이렇게 읽힌다.

"나는 어떤 슬픔 속에서도 삶을 중단하지 않았다."

나는 세계에 꼭 들어맞지 않는다
─포기하지 않는 읽기

1

내가 사랑하는 시인 헤르베르트는 책 읽기의 무용함에 대해 이야기한 적이 있다. 누군가 그에게 고전을 읽으라고, 그 책들이 수백만 명의 인생을 바꿔놓았다고 말했지만, 자신은 그 책들을 읽은 뒤에도 달라진 게 없다고, 솔직히 말하면 제목도 기억나지 않는다고 푸념했다. 그러고 보면 나도 그랬다. 늘 무언가를 읽고 있었으니 읽은 만큼 삶이 바뀌었다면 지금보다는 훨씬 더 현명하고 부드러운 사람이 되었을 것이다. 그러나 그런 일은 일어나지 않았고 헤르베르트처럼 읽은 책들의 제목조차 기억나지 않을 때가 많다. 어느 날은 책장에서 언젠가 꼭 읽어야지 하고 마음먹었던 책을 문득 꺼내 펼쳐보고는 내가 좋아하는 펜으로 내가 좋아할 법한 문장에 밑줄이 쳐진 걸 보고 놀랄 때도 있다. 이 책을 언제 읽었더라?

2

"세계는 내 것이다. 그러나 나는 세계에 꼭 들어맞지 않는다." 사실은 독일 시인 슈나이더의 이 문장으로 저자 서문을 시작하려고 했다. 그러나 어디서 읽었는지 기억나지 않았다. 내 빨간 수첩과 내 머릿속은 이렇게 어디서 왔는지 불분명한 타인의 문장들로 가득하다. 가끔은 내가 이름 없는 낡은 성당의 모자이크 벽화 속 인물같이 느껴진다. 출처를 쉽게 잊는 것은 나를 이루고 있는 조각들이 어디서 왔는지가 별로 중요하지 않기 때문이다. 글을 쓸 때나 학술 작업을 할 때를 빼고는. 자신을 이루고 있는 모든 조각의 출처를 기억하는 놀라운 편집증의 소유자는 드물다. 보르헤스 소설의 주인공, 기억의 천재 푸네스 정도? 그러나 기억하지 못한다고 없었던 것은 아니다. 내가 다 기억할 수 없는, 죽고만 싶었던 숱한 순간에 나를 살린 누군가의 문장들이 있었을 것이다. 고통의 순간도 회복의 과정도 전부 잊었지만 그 시간들이 있었기에 나는 지금 여기에 살아 있다. 나는 위대한 책들을 읽고서 혁명을 일으키지도 못했고 인류를 구원하지도 못했다. 어쩌면 나처럼 평범한 대부분의 독자에게 독서란 위대해지기 위해서가 아니라 살기 위해 하는 것일지도 모른다. 자신은 그저 삶을 연명하고 있을 뿐이라고 고백했던 헤르베르트를 봐도 그렇다. 책을 읽는다고 해서 한 뼘이라도 더 훌륭해지는 건 아니라고 장담했지만 그는 쉼 없이 읽었다. 그리스·로마 고전, 과학적 사회주의, 우주비행, 벌의 삶에 관한 책들, 키츠 같은 시인들의 작품뿐만 아니라 플라톤, 데카르트, 스피노자, 니체 같은 철학자들의 책, 우파니샤드 같은 종교서 등등 가리지 않고 읽었다. 그의 고백처럼 책 속에서 연명했던 것이다.

3

프루스트는 위고를 열심히 읽었다. 그는 『되찾은 시간』에서 "풀은 자라야 하고 아이들은 죽어야 한다"는 위고의 말을 인용한 뒤 덧붙인다. 예술의 잔인한 법칙은 존재들이 죽어야 하고 우리 자신도 고통이란 고통은 다 겪고 죽어야 하는 것이라고. 진실하지만 서늘한 말이다. 좋은 작가는 아첨하지 않는다. 오랜 친구처럼 우리에게 진실의 차가운 냉기를 깊이 들이마시라고 무심한 얼굴로 짧게 말한다. 카프카, 울프, 카뮈, 베유, 톨스토이, 플라스, 니체, 아렌트…… 여기서 다룬 저자들은 다 그렇다. 그들에게 삶은 계속되는 소송이거나 400년 내내 분투한 뒤에야 겨우 이룰 수 있는 소망, 다시 굴러떨어지는 바윗돌, 보상 없이 행하는 사랑, 끝없이 헤매다 제자리로 돌아오게 하는 겨울 숲 같은 것이다. 또는 내 속에 울음이 사는 시간, 경멸을 통해서 극복되는 운명의 시간, 사회가 찍어내는 자동인형 같은 삶에 맞서는 시간이다. 이들은, 내 책을 읽는다면 넌 아침에 슬펐어도 저녁 무렵엔 꼭 행복해질 거라고 말하지 않는다. 그 대신, 너는 고통이란 고통은 다 겪겠지만 그래도 너 자신의 삶과 고유함을 포기하지 않을 거라고 말해준다. 작가들은 진심으로 독자를 믿는다. 그들에게 그런 믿음이 없다면, 어떤 슬픔 속에서도 삶을 중단하지 않는 화자, 자기와 꼭 들어맞지 않는 세계 속에 자기의 고유한 자리를 마련하기 위해 부단히 싸우는 주인공을 등장시킬 수 없을 것이다. 그런 목소리가 이해받을 수 있다는 믿음, 그런 삶을 소망하는 사람이 이 세계에 적어도 한 명은 존재하고 그가 분명 내 책을 읽을 거라는 확신이 있어야만 작가는 포기하지 않는 인물을 그리고, 희망 없이도 포기하지 않는 능력에 대한 철학을 펼칠 수 있다. 그렇다면 포기하지 않는 삶을 말하는 책이 포기하지 않는 독자를 만드는 게 아니라 그 반대이다. 혹은 용감한 독자와 용감한 책이 서로를 알아보는 것이다. 릴케의 시구처럼 우리는 책에서 자신의 그림자로 흠뻑 젖은 것들을 읽는다.

4

　'다시 본다, 고전'이라는 이름으로 〈한국일보〉 지면에 연재했던 글을 다듬어 책으로 엮는다. 글 각각의 제목은 진달래, 김소연, 정지용, 이근아, 남보라 담당 기자, 그리고 편집부의 여러 기자님이 붙여주셨던 것이다. 글의 제목을 직접 정했을 때보다 설레고 즐거웠다. 글을 읽은 최초의 독자와 함께 글을 완성하는 느낌이 들어서였다. 단 한 줄의 제목으로 무른 글이 단단해졌고 모호하던 글이 선명해졌다. 이 다정하고 강렬한 개입에 감사드린다. 한 편 한 편 쓰인 글들을 정성껏 배치해 책을 편안한 숨결로 이끌어준 성혜현 편집자와 글이 머물고 싶어 할 만큼 아름다운 책을 만들어준 마음산책에도 감사드린다. 내 마음 가는 대로 책을 읽고 쓴 여러 편의 글이 허술하게 있다가 여러 사람의 우정과 도움으로 한결 좋아진 것 같다.

2024년 9월
진은영

차례

우리는 다르게 사유할 뿐만 아니라

다르게 느낄 수 있다.

체포됐어도 자유로운 K……
차별금지법 없는 한국은?

프란츠 카프카
『소송』
김재혁 옮김, 열린책들, 2011

마술적리얼리즘의 거장이자 노벨문학상 수상자인 마르케스는 〈파리 리뷰〉와의 인터뷰에서 자신의 글쓰기의 시작에는 카프카1883~1924가 있었다고 고백한다. 마르케스가 대학을 다닐 때였다. 친구 한 사람이 카프카가 쓴 단편소설집을 빌려주었다. 그는 하숙집에 돌아와 「변신」을 읽기 시작했는데 첫 줄에 놀라서 그만 침대에서 떨어질 뻔했다. 「변신」은 "그레고르 잠자는 그날 아침 불편한 잠에서 깨어났을 때, 침대에서 자신이 거대한 벌레로 변했다는 것을 알게 되었다"라는 유명한 문장으로 시작한다. 그는 이 첫 줄을 읽으면서 소설을 이렇게 시작해도 되는구나, 하고 깨달았다. 그러고는 그걸 알았더라면 이미 오래전에 글쓰기를 시작할 수 있었을 거라고 중얼거리면서 즉시 단편소설을 쓰기 시작했고 드디어 작가가 될 수 있었다.◆

독자를 황당하게 만들면서 소설을 시작하는 것은 카프카의 특기다. 카프카의 장편소설 『소송』 역시 비슷하다. "누군가 요제프 K를 모함했음이 분명하다. 나쁜 짓을 하지

◆　레이먼드 카버 외, 『작가란 무엇인가 1』, 권승혁·김진아 옮김, 다른, 2022, 361쪽 참조.

않았는데도 어느 날 아침 체포되었으니 말이다." 이유 없는 체포에 어찌할 줄 모르는 것은 주인공뿐만이 아니다. 독자도 당혹감을 느낀다. 그런데 더 중요한 것은 소설이 끝나도 이 감정이 해소되지 않는다는 점이다. 만일 『소송』이 다음 버전들로 전개된다면 소설의 끄트머리에서 독자들은 결국 안도했을 것이다. 첫째, 탐정물 버전. K는 누명을 쓰고 수년간 우여곡절을 겪지만, 결말에서는 자유의 몸이 된다. 오랫동안 고초를 겪은 주인공에게 연민을 느끼는 천재 탐정이 등장해 비교적 짧은 기간에 놀라운 능력으로 진범을 찾아내기 때문이다. 둘째, 법정물 버전. 편집증이 있고 괴팍하지만 실력만큼은 대단한 변호사의 활약으로 K가 풀려난다. 셋째, 감동적 휴먼드라마 버전. 판사도 변호사도 믿을 수 없었던 K는 피나는 노력으로 독학하여 자신을 변론하고 진범을 잡는 데 성공한다. 물론 K의 곁엔 그를 돕는 진실하면서도 재주 많은 이웃들이 있다 등등.

그러나 카프카는 이 중 어느 버전도 택하지 않는다. 당혹감은, 거대한 문제를 제기하고 그 문제를 해결하는 쾌감을 제공하기 위해 소설가가 의도한 문학적 효과가 아니라는 뜻이다. 아무래도 그는 삶 자체를 식초에 절여진 오이피클처럼 여기는 것 같다. 그래서 독자는 읽는 내내 난처함에 푹푹 절여지는 기분이 든다. 소설의 마지막 페이지를 덮었는데도 주인공의 죄목조차 알 수 없으니 말이다. 더욱 기이한 것은 K가 체포되었으나 어디든지 갈 수 있는 점이다. K는 직접 변론을 시도하지만 무죄 입증을 위해 크게 애쓰는 것 같지도 않다. 그가 도움을 받으러 찾아간 화가 티토렐리는 세 가지 해결책을 알려준다. 완전한 무죄방면, 표면상의 무죄방면, 판결의 무한한 연기. 이 중 K에게 가장 유리한 건 세 번째라는 조언도 덧붙인다.

사실 삶은 기나긴 소송 과정이라고 할 수 있다. 우리는 태어나는 순간 성별, 인종, 계급 등의 사회문화적 규정들 속에 던져진다. 사회는 그 규정들이 제대로 지켜지는지 감시하며 늘 우리에게 체포영장을 발부하려고 대기 중이다. 규정 하나를 잘 지켜도 다른 규정들로 인한 소송들이 이어질 수 있다. 그러니 누구나 사는 동안 사회적 '정상상태'에 있을 것을 명하는 법 앞에서 계속 무죄를 입증하거나 유죄를 인정해야 할 처지에 놓이게 된다. 따라서 완전한 무죄방면은 불가능하다.

삶이 소송 과정이라는 카프카의 소설적 설정이 단순한 허구가 아님을, 우리는 한 여성 작가의 생애를 통해서 쉽게 이해할 수 있다. 영국 작가 샬럿 브론테는 시집을 출간하기 전, 멘토였던 시인 로버트 사우디에게 편지를 보내 자신이 재능이 있는지 물었다. 돌아온 건 그녀의 주제넘은 짓에 대한 일종의 체포영장. 사우디는 '펜을 드는 여자'는 건방지고 구제불능이라는 통념에 따라 다음과 같이 유명한 답변을 했다. "문학은 여자가 하는 일이 될 수 없고, 그래서도 안 될

니다."[✦] 편지를 받고 브론테가 문학을 당장 관뒀다면 그녀는 '제 본분을 망각한 여자'라는 혐의를 벗고 풀려났을 것이다. 이런 것이 바로 표면상의 무죄방면이다. 시 쓰기를 멈추더라도, 그녀가 여성의 소임과 조금이라도 무관한 일을 시도하는 순간 다시 체포되어 유죄 여부를 따지는 소송에 휘말리게 된다.

그래서 카프카의 주인공 K처럼 브론테도 세 번째 방식을 택했다. 그녀는 자신이 하려는 일에 대해 당대가 어떤 판결을 내릴지에 별 관심을 두지 않았다. '좋은 여자'가 되기 위해 시 쓰기를 그만두는 일도 하지 않았다. 아랑곳하지 않고 자비로 시집을 냈으며, 그 이듬해에는 『제인 에어』를 발표했다. 그녀는 시대적으로 제한된 여성성 아래에서 유죄 혐의를 받았지만, 자신이 원하는 것을 시도하면서 여성의 소임은 원래 이런 것이라는 당대의 판결을 끊임없이 지연시켰다.

물론 판결을 지연시키는 일은 쉽지 않다. 이 당대의 법정에서 그녀는 더 지독한 피고의 역할을 수행하기도 했다. 샬럿 브론테의 자매들은 모두 예술적 열망과 재능이 뛰어났다. 샬럿처럼 여동생 에밀리는 『폭풍의 언덕』을 발표해 성공을 거뒀고 막내 여동생 앤 역시 소설가로 유명세를 떨쳤다. 그런데 유일한 남자 형제 브랜웰 하나만이 이렇다 할 작품을 발표하지 못한 채 알코올중독에 빠져 지내다가 폐결핵으

✦　줄리언 반스 외, 『그럼에도 작가로 살겠다면』, 한유주 옮김, 다른, 2017, 38쪽.

로 생을 마감했다. 그러자 일부 비평가들은 술주정뱅이 누이들을 위해 남동생이 누이들의 이름으로 대신 작품을 발표한 거라고 주장했다.[*] 샬럿과 그녀의 자매들은 문학을 하려는 되먹지 못한 여자로 욕을 먹다가 심지어 자기가 쓰지 않은 소설의 작가를 사칭했다는 비난까지 받았던 것이다. 그렇지만 이 자매들은 어떤 공격에도 굴하지 않고 자기 작업을 해 나갔다. 이렇게 법정에 강제로 끌려나온 이들을 떠올리기라도 한 듯이 카프카는『소송』의 중요한 여성 등장인물 레니의 입을 통해 K에게 말한다. "모든 피고는 아름다워요."

　　'체포된 자유의 몸'이라는『소송』의 설정 역시 야릇하지만 멋진 것이다. 체포되어도 어디든 갈 수 있다는 것, 비난받아도 원하는 대로 살 수 있다는 것은 결국 자유롭다는 증거이기 때문이다. 그러나 그 점에서 여성을 포함해 우리 사회의 약자들은 K보다도 힘든 상황에 놓여 있다.『소송』에서 K는 직장에도 가고 성당에도 갈 수 있었다. 그러나 한국의 소수자들은 '소수성'이 드러나는 순간 직업을 갖고 사회생활을 하는 데 엄청난 제약을 받는다. 카프카가 자신의 주인공을 위해 만든 최소한의 인간적 설정, 즉 체포되어도 최소한의 자유를 유지할 수 있는 상황이 가능하려면 차별금지법이 꼭 제정되어야 한다. 100년 전 체코의 한 소수민족 작가가

[*]　　데버러 러츠,『브론테 자매 평전』, 박여영 옮김, 뮤진트리, 2018, 332~333쪽 참조.

제시한 실존의 당연한 권리조차 한국 사회에서는 이렇게 보
장받기가 어려운 것일까?

'올랜도'도 버지니아도
성별 제약 없는 다양한 삶을 원했다

버지니아 울프
『올랜도』
박희진 옮김, 솔출판사, 2019

1

20세기의 모더니스트 소설가 버지니아 울프1882~1941는 야심작 『등대로』를 끝낸 뒤 다른 기념비적인 작품 『파도』의 집필로 들어가기 전에, '작가의 휴식'을 즐기는 기분으로 소설 한 편을 썼다. 막간을 이용해 고된 글쓰기의 노동으로 지친 몸과 마음을 달래고자 장편소설을 쓴다는 건 우리 관점에서는 매우 놀라운 일이기는 하지만, 종종 무언가에 미친 사람들은 그렇게 일과 휴식이 완전히 일치한 인생을 살아간다. 버지니아 울프는 문학사에 길이 남을 대작을 써야 한다는 부담감을 내려놓고 신나게 노는 아이와 같은 마음으로, 누구의 눈치도 안 보고 자신이 원하는 것을 썼다. 그 결과 전기 형식의 판타지 같은 소설 『올랜도』가 세상에 나왔다.

16세기 말 영국의 귀족 올랜도는 시를 쓰는 16세의 어린 청년이다. 어느 날 러시아의 공주 사샤를 궁전에서 우연히 만나 사랑에 빠지고 함께 야반도주하기로 약속한 날 버림을 받는다. 낙담한 그는 여왕에게 콘스탄티노플 대사로 가서 정치활동을 하겠다고 자청한다. 17세기가 빠르게 흘러가고 튀르키예가 혁명의 소용돌이에 휩싸일 무렵 그는 특별한 이유도 없이 7일간의 깊은 잠에 빠진다. 올랜도가 깨어났을 때 그는 놀랍게도 여성이 되어 있었다. 그녀는 한동안 집시 무리와 어울리다가 18세기가 된 런던으로 돌아온다. 올랜도는 여성이 되었다는 점을 제외하고는 자신이 그대로라고 생각하지만 그곳에서 여성으로 존재하게 된 순간, 그녀의 모든 경제적·법적 권리가 박탈되었다는 사실에 충격을 받는다. 그녀가 할 수 있는 일은 영국 사교계 생활을 신물 나도록 즐기는 것뿐이었다. 시간은 비약적으로 흘러 이제 19세기. 그녀는 문득 온 세상 사람들이 모두 반지를 끼고 있다는 사실을 깨닫는다. 파티에 가든 교회에 가든 사방이 결혼반지였다. 올랜도는 자기 기질에 맞는 일은 아니라고 생각하면서도 시대정신에 무조건 항복하고 남편 하나를 얻기로 한다. 다시 20세기 런던. 올랜도는 사내아이 하나를 낳고 시집도 출간한다.

　　버지니아 울프는 주인공 올랜도에게 400년의 긴 삶을 선물했다. 그녀가 이런 환상적인 소설을 쓴 것은 소년이 되고 싶다는 소망으로부터 시작되었을 것이다. 이것은 많은 여자아이의 평범한 소망이다. 수전 손택은 어느 인터뷰에서 이렇게 말했다. "제가 아는 한 지적이거나 독립적이거나 활동적이거나 열정적인 여자 중에 어린 시절 소년이 되고 싶다고 생각해보지 않은 사람은 한 명도 없어요. 남자아이면 나무를 탈 수도 있으니까 좋겠다는 사람도 있습니다. 그리고 어른이 되면 선원이 될 수 있다거나 (…) 더 큰 자유를 누리는 성性이었으면 하고 바라게 되는 겁니다."♦ 어린 소녀들은 대개 이것도 하면 안 되고 저것도 하면 안 된다는 식의 말을 많이 듣고 자란다.

　　실비아 플라스도 똑같은 불만을 토로했다. "도로 인부들, 선원과 군인 들, 술집의 단골손님들과 어울리고 싶은 이 목마른 갈망─이름 없이, 귀 기울여 들으며, 기록하며, 난장판의 일원이 되고 싶은 갈망이─이 모든 게 내가 여자아이라는 사실 때문에 망가져버리고 만다. 공격당하고 포격당할 위험이 상존하는 여성이기 때문에. 남자들과 그들의 삶에 대한, 온 마음을 사로잡는 이런 관심은 그들을 유혹하고자 하는 욕망이나 은밀한 관계로 유인하는 도발로 곡해되는 일이 흔하다. 아, 제기랄, 그렇다. 나는 가능한 한 모든 사람들과 최대한 깊은 대화를 나누고 싶다. 야외에서 잠을 자고, 서부로 여행을 하고, 밤에 마음껏 자유롭게 나다닐 수 있다면 좋겠다."♦♦

　　수전 손택이 인터뷰에서, 그리고 실비아 플라스가 일기에서 분명하게 드러냈던 욕망, 즉 지금보다 자유로운 성이 되고 싶다는 욕망을 버지니아 울프는 소설을 통해 표현했다. 두 사람보다 반세기 정도 앞 세대인 그녀가 여성으로서 경

♦　　수전 손택·조너선 콧, 『수전 손택의 말』, 김선형 옮김, 마음산책, 2015, 118쪽.
♦♦　　실비아 플라스, 『실비아 플라스의 일기』, 김선형 옮김, 문예출판사, 2004, 81쪽.

험한 사회적·문화적 제약은 더 심했다.◆ 그녀는 케임브리지 대학에 다니는 오빠 토비가 대학 동기들과 결성한 수재들의 모임인 블룸즈버리그룹에서 함께 토론할 만큼 영리했다. 버지니아는 당시에는 교육받은 남성들만 배우는 그리스어를 열심히 공부하기도 했다. 그러나 케임브리지를 방문했을 때에는 여성이라는 이유로 쫓겨났다. 여자는 교내 잔디를 거닐 수도 없고 특별 연구원과 동행하거나 소개장이 없다면 도서관에 출입조차 할 수 없는 시절이었다.◆◆ 그래서 버지니아는 소설을 통해 다른 삶을 살아보기로 한다. 올랜도와 함께 그녀는 16세기에서 20세기 초까지 다양한 시대를 남자이자 여자로 살면서 죽음, 사랑, 시, 정치, 사회, 탄생 등 온 세상의 모든 것을 경험하는 기쁨을 누린다. 이 강렬한 기쁨 때문에 올랜도가 겪는 배신과 실패, 사회적·법적 핍박에도 불구하고, 소설은 명랑하고 유머로 가득하다.

◆　　"울프는 교육받은 아버지들의 아들들은 그리스어를 배우지만 여자들은 아예 그런 교육으로부터 배제된다고 통탄한 바 있다. 울프 당대 그리스어를 배운다는 것은 남성들 사이에서는 문화적 엘리트 서클로 진입할 수 있는 일종의 자격증과 같은 것이었다. 상층 부르주아와 귀족들로 구성되었던 블룸즈버리그룹에 속한 남자들은 대학 교육과 그리스어를 배우는 것이 당연시되었다. 울프는 여성에게는 허용되지 않았던 대학 교육을 통해서가 아니라 개인적으로 그리스어를 익혀 『오이디푸스』 『안티고네』 『콜로누스의 오이디푸스』, 그리고 사포의 시를 읽고 레스보스섬의 사포 추종자들에게서 사피즘을 발견했다 (Benstock 25-34). (⋯) 울프는 여성들이 자유롭게 글을 쓰고 자신의 섹슈얼리티를 표현할 수 있으려면 남성지배문화적 시선에서 벗어날 수 있어야 한다고 보았으며, 그것을 사피즘에서 찾았다."—임옥희, 「젠더이주로 읽어본 버지니아 울프의 『올랜도』」, 『도시인문학연구』, 제9권 2호(2017), 서울시립대학교 도시인문학연구소, 76쪽.

◆◆　올리비아 랭, 『강으로』, 정미나 옮김, 현암사, 2018, 100쪽 참조.

2

『올랜도』의 인상적인 점 하나는 주인공이 신비로울 만큼 아름다운 소년으로 서술된다는 것이다. 그는 다리가 너무 예쁘고 얼굴은 수많은 촛불로 장식된 크리스마스트리처럼 빛나는 사람이다. "사샤가 말했듯, 그가 단 하나의 양초에 불을 붙이는 수고도 하지 않았는데, '백만 개의 초'가 그의 내부에서 타고 있었다. 그는 다리에 대해 생각할 필요도 없이 수사슴처럼 돌아다녔다. 그는 보통으로 말했는데, 그의 목소리는 은으로 만든 종소리처럼 메아리쳤다. (…) 그는 많은 남녀 사이에 숭상의 대상이 되었다." 순정만화에나 나올 법한 주인공의 모습에 대한 묘사를 보며, 작가가 사랑에 빠져 얼이 나간 사람이 연인을 묘사하듯이 주인공을 그리고 있다는 느낌을 받은 독자도 있을 것이다. 물론 근거가 있는 느낌이다. 올랜도는 버지니아의 연인이었던 비타 색빌웨스트를 모델로 했다. 소설은 비타에게 헌정되었으며 소설 속에서 올랜도의 작품으로 소개되는 시는 원래 비타의 것이었다. 올랜도가 소유한 놀의 장원도 귀족 가문의 딸인 비타가 소유하길 원했던 곳이다. 실제로 비타는 가문의 장원인 놀을 상속받으려고 20년 넘게 법정 투쟁을 했지만 여성이라는 이유로 재판에서 지고 말았다. 후일 비타의 아들 나이젤 니콜슨은 이 소설을 "문학사상 가장 길고 멋진 연애편지the longest and most charming love-letter in literature"라고 평했다.◆

　　매력이 넘치는 사람을 보면서 한 번쯤은 혼자 중얼거린 기억이 있을 것이다. '모두에게 사랑을 받는다니 저 아이의 인생은 얼마나 행복하고 충만할까?' 모두가 부러워할 만큼 멋지고 아름다운 사람은 우리의 달콤한 몽상 속에서 그대로 걸어 나온 존재다. 그러니 이런 인물은 할리우드 영화에는 어울릴지 몰라도 진지한 소설에는 글쎄? 하지만 올랜도에 대한 낭만적이고 과도한 듯 보이는 신비화는 유치함에 빠지지는 않는다. 올랜도는 신이 엄청나게 컨디션이 좋은 날에 빚어진 존재라서 재능과 매력을 가졌고 오래된 영국 귀족 가문의 고귀한 혈통과 엄청난 재산을 물려받은 데다 마음까지 고와서 그 재산을 물 쓰듯 써가면서 모든 사람의 존경과 아첨을 받는다. 하지만 그렇다고 그의 인생이 저절로 충만해지는 것은 아니다. 그저 모두에게 사랑받기만 한다면 모든 일이 잘 풀리고 삶의 의미가 저절로 찾아질 거라는 식의 단순 서사가 이 소설에는 존재하지 않는다.

　　머리부터 발끝까지 너의 모든 것을 사랑한다고 외쳤던 연인에게 바치는 소설이라면 소설의 주인공에게 모든 행복과 사랑을 다 줄 법도 한데 작가는 그러지 않았다. 올랜도의 완벽함은 우리의 삶에는 언제나 필연적 어긋남과 빈 구

◆　　손현주, 「『올란도』, 버지니아 울프의 러시안 러브레터」, 『노어노문학』, 제32권 1호(2020), 한국노어노문학회, 135쪽 참조.

멍이 있기 마련이라는 것을 증명하기 위한 장치처럼 활용된다. 심지어 그토록 아름답고 총명해서 모든 사람이 흠모하는 올랜도이건만 정작 자신이 사랑하는 러시아 공주 사샤에게는 버림받는다. 사샤가 더 멋진 사람을 사랑해서 올랜도를 배신한 것도 아니다. 사샤는 올랜도와의 야반도주 약속을 저버리고 러시아로 떠나는 쪽을 택했다. 버지니아는 우리에게, 아니 자기 자신에게 이렇게 말하는 것 같다. 네 안에 사랑받지 못할 어떤 결핍, 열등함이 존재하는 게 아니다. 그저 너의 사샤는 자신의 인생을 찾아 떠나갔을 뿐이야.

400년이 흐르도록 올랜도는 사샤를 떠올리고, 여성의 육체에 더 끌리고 여성들을 사랑한다고 고백하지만 늘 사랑에만 머물러 있는 것은 아니다. 올랜도 역시 자기만의 인생을 찾아 여러 곳에서 여러 모습으로 살아본다. 누군가를 사랑하고 사랑받는 일은 소중하지만 자신이 짜 넣을 인생의 무늬들이 모두 관계로만 환원된다고 믿지 않는다는 점에서 올랜도는 고독을 사랑하는 실존주의자의 면모를 지니고 있다. "여기서 전기작가는 그가 굼뜬 것이 그가 종종 고독을 사랑하는 성향과 짝을 이룬다는 사실에 주목해야 한다. 서랍 상자 따위에 걸려 넘어지는 올랜도는 당연히 고독한 장소나 광활한 전망들을 좋아했고, 자기가 영원히, 영원히, 영원히 혼자라고 느끼기를 좋아했다."

3

실비아 플라스는 열여덟 살 무렵의 일기에서 이렇게 물었다. "어째서 삶이 드레스인 양 이 삶 저 삶 다른 삶들을 입어보면서 어느 게 제일 잘 맞고 어울리는지 재어볼 수 없는 거죠?"✦ '문학을 통해서는 얼마든지 가능하지.' 이렇게 답변이라도 하듯이 버지니아는 『올랜도』라는 멋진 소설을 썼다. 모든 것이 되어보고 모든 것을 경험한 사람이야말로 자신이 진정 원하는 것을 찾아낼 수 있다. 그러나 인생은 눈 깜짝할 사이에 흘러가니 모든 걸 다 해보기는 힘들다. 그래서 버지니아는 올랜도에게 400년의 긴 세월을 선물했다. 그 길고 긴 삶에서 올랜도가 한결같이 소망했던 것은 무엇일까? 그건 시 쓰기였다. 그가 16세의 귀족 소년이었을 때 끄적거리던 「참나무」라는 장시는 "바닷물과 피에 얼룩지고, 여행에 찌든 두루마리 종이"에 적혀 300년 넘게 수정되다가 1928년 여성 시인 올랜도의 시집으로 출간된다. 400년을 살았는데도 "그녀에게는 아직도 문학에 대한 맹신 경향이 살아 있기 때문이었다. 심지어는 주간지의 희미한 활자마저 그녀의 눈에는 왠지 신성하게 느껴졌다." 올랜도는 남자일 때도 여자일 때도, 대사일 때도 집시일 때도 시를 쓰고 싶어 한다. 16세기에도, 20세기에도 시인이 되기를 소망한다.

400년 동안 살 수 있다면 우리가 그 긴 세월 내내 변

✦   실비아 플라스, 앞의 책, 96쪽.

치 않고 하고 싶은 일은 무엇일까? 물론 누군가는 하나의 일을 일관되게 원하는 게 아니라 수많은 일을 경험하고 싶어 할지도 모른다. 버지니아는 전기작가의 목소리를 빌려 소설의 말미에 이렇게 쓰기도 했다. "한 개인은 수천 개의 자아를 가지고 있는데도, 전기에서는 예닐곱 개의 자아를 묘사하는 것으로 일이 끝난 것으로 간주한다. 그리하여 올랜도는 우리가 이 전기에서 수용할 수 있었던 자아 가운데서 골라 (…) 불렀는지 모른다. (…) 언덕 위에 앉아 있던 소년을, 시인을 보았던 소년을, 여왕에게 장미꽃 물그릇을 건네주었던 소년을, 아니면 사샤와 사랑에 빠진 젊은이를, 아니면 궁정의 신하를, 대사를, 군인을, 나그네를, 아니면 와주기를 바랐던 여자가 된 자신을, 집시를, 귀부인을, 은둔자를, 인생을 사랑한 소녀를, 문단의 후견인을, (…) 이들은 모두 서로 다른 자아이며, 올랜도는 이들 가운데 어느 하나를 불러냈을지 모른다." 올랜도는 이 수많은 자아 모두를 불러내기를 원하고, 동시에 그 자아들을 모두 불러낼 수 있는 위대한 방법으로 오직 시인이 되기를 희망한다. 우리 중 누군가는 400년 내내 하나의 일, 하나의 성만을 집요하게 원할 수도 있고 또 누군가는 내내 변화하는 것들을 원할 수도 있다.

　　수전 손택은 소년이 되고 싶은 여자아이들은 많지만 소녀가 되고 싶어 하는 남자아이들은 드물다고 말한다. 16개월 무렵부터 대부분의 남자아이는 소년으로 사는 편이 더 낫다는 걸 알게 되기 때문이다. 성별과 무관하게 아이들은 활동적인 것을 좋아하는데 소년들에게는 소녀들보다 훨씬 다양한 활동이 권장되고 허용된다.♦ 그럼에도 불구하고 어떤 남자아이들은 소녀가 되기를 원한다. 다른 성이 되려는 욕망, 이러한 성전환의 모티브를 가볍고 유머러스하게 사용한다는 점에서『올랜도』는 제이 프로서와 같은 비평가의 비판을 받기도 했다. 성전환을 원하는 이들이 수술을 받기 전까지 겪는 생애사와 극심한 고통 서사를 제대로 다루지 않고 환상적으로 처리했다는 것이다.♦♦ 트랜스섹슈얼의 삶을 진지하게 다루는 소설이 필요하다는 것에는 누구도 이의를 제기하지 않겠지만 그렇다고 해서『올랜도』의 명랑한 서사가 비난받을 일은 아니다.

올랜도는 다른 일을 시작하거나 여성이 되거나 혹은 다른 시대로 이동할 때면 7일간의 죽음과도 같은 깊은 잠에 빠졌다가 다시 깨어난다. 트랜스섹슈얼의 고통은 그들의 변화에서 필연적인 요소는 아니다. 한 남성이 여성이 되고 싶어 하는 소망을, 혹은 그 반대의 간절한 소망을 삶의 환경을 오염시키는 독성물질처럼 취급하는 어떤 이들의 편협함과 악의가 한 사람의 고통스러운 생애 서사를 만들어낼 뿐이다. 400년 내내 시인을 꿈꿀 것 같은 이들은 시인이 되면 되고, 400년 내내 남성이 되기를 꿈꾸거나 혹은 여성이 되기를 꿈

♦　　수전 손택·조너선 콧, 앞의 책, 118쪽 참조.

♦♦　　임옥희, 앞의 글, 79쪽 참조.

꿀 만큼 열망하는 이들은 자신들이 원하는 성이 되면 된다. 아무도 혐오하지 않는다면 그 어떤 수술보다 힘들다는 성 확정 수술도 올랜도의 7일 밤 마술처럼 신비롭고 고요한 시간이 될 것이다. 도대체 무슨 권리로 다른 이가 400년 내내 원했을 법한 소망을 방해하는가? 아무에게도 그럴 권리는 없다. 올랜도에게서 여성이 되고 싶었고 또 좋은 군인이 되고 싶었던 한 청년의 맑은 얼굴이 떠오른다.

진리의 담지자를 자처하는 지도자여……
그것은 카리스마 아닌 망상

한나 아렌트
『인간의 조건』
이진우 옮김, 한길사, 2019

"너무 똑똑했다. 너무 어리석었다. 너무 정직했다. 너무 의기양양했다. (⋯) 너무 사랑이 넘치고, 증오가 넘쳤으며, 너무 남자 같은 반면, 충분히 남자 같지 않았다."◆ 20세기 최고의 정치사상가 한나 아렌트1906~1975의 삶과 사상을 그래픽노블로 쓰고 그린 켄 크림슈타인이 그녀에 대해 한 말이다.

　그녀는 철학자 칸트의 고향인 독일 쾨니히스베르크에서 유대인이란 놀림을 받으면서 자랐다. 어머니 마르타 콘은 정치에 관심이 많았다. 집을 사회민주주의 회합 장소로 자주 제공했고 딸과 함께 정치 집회에 참여하기를 즐겼다. 덕분에 열일곱 살 무렵에 한나 아렌트는 독일 여성 혁명가 로자 룩셈부르크의 열렬한 지지자가 되어 있었다. 그녀는 퉁명스럽고 직설적인 말투를 지녔으며 고분고분한 데라고는 전혀 없었다. 자기 의견을 거침없이 말하는 여학생은 순종의 미덕을 강조하는 독일 학교에서는 골칫거리가 되기 쉬웠다. 교사에게 반항하다 퇴학을 당하는 바람에 그녀는 동급생들보다 1년 먼저 마르부르크대학에 입학했다.

◆　　켄 크림슈타인, 『한나 아렌트, 세 번의 탈출』, 최지원 옮김, 더숲, 2019, 9쪽.

그곳에선 마르틴 하이데거가 새로운 '존재의 철학'을 강의하며 선풍을 일으키고 있었다. 당시 하이데거의 수업은 이후 유럽과 미국 사상계를 이끌어가게 될 젊은 수재들로 가득했지만, 그녀는 이 수강생들 사이에서도 가장 뛰어나다는 말을 들을 만큼 똑똑했다. 20세기 초의 사회가 여성에게 요구하는 미덕 대신 남성의 미덕이라 불리는 자질들을 넘치도록 겸비했기에 '남자 같은' 여자라는 인상을 주었다. 하지만 너무 어리석었다. 이미 다른 여성 제자와 결혼해 아이를 두 명이나 낳은 하이데거의 연인이 되고 말았다. 그녀는 그 사랑으로 오랫동안 고통받았다.

1933년 나치가 선거에서 승리했을 때 한나 아렌트는 충격에 빠졌다. 말도 안 되는 정치세력이 집권에 성공해서가 아니었다. 친구라고 믿었던 독일 지식인들이 너무 빠르게 나치의 부역자가 되었다는 사실 때문이었다. 무엇보다도 스승이자 연인이었던 하이데거의 행태는 정말 놀라웠다. 그는 유대인 교직원들을 해고하라는 정부 시책을 거부하다 쫓겨난 전임 총장을 대신해서 프라이부르크대학의 총장 자리에 올랐다. 독일을 탈출해 프랑스와 미국에서 18년간 무국적자로서 생활해야 했던 그녀는 일생 동안 순응적인 지식인 그룹에 대한 절망과 분노를 간직했다. 이 감정은 그녀가 사회·정치적 문제에 발언하는 정치사상가로서 행동하게 했고 대학이라는 상아탑과 거리를 두게 만들었다. 물론 1959년엔

프린스턴대학 최초의 여성 정교수가 되긴 했지만 말이다.[◆]
그해엔 독일 함부르크 자유시로부터 레싱상을 받기도 했다.
수상 강연에서 그녀는 이렇게 말했다. "레싱의 위대성은 인
간 세계 안에서 유일한 진리란 존재하지 않는다는 이론적
통찰에 있을 뿐만 아니라 유일한 진리가 존재하지 않으며,
인간들이 존재하는 한, 이들 사이에 끊임없는 대화가 계속될
것이라는 점을 즐겁게 받아들인 데 있다."[◆◆] 언제나 대화가
필요하다는 듯 그녀는 쓰는 글마다 논쟁을 몰고 다녔다.

　　이미 1958년의 대작 『인간의 조건』에서 한나 아렌트
는 유일한 진리를 대체할 대화의 가능성을 철저히 탐색했었
다. 이 책은 인간 활동을 노동, 작업, 행위로 나눈다. 고대 그
리스 사상을 참고한 구분이었다. '노동labor'은 인간과 자연의
신진대사 활동으로서, 가사 노동이나 농사일처럼 삶을 유지
하기 위해 끊임없는 필요와 생산과 소비가 요구되는 활동의
영역이다. '작업work'은 유용한 사물을 제작해서 인간이 살아
갈 수 있는 세계를 만든다. 탁자를 만드는 목수의 머릿속에
는 설계도가 존재하고 그에 따라 결과물이 나온다. 이처럼
미리 계획하고 예측한 대로 사물을 얻을 수 있는 활동이 작
업이다. 그런데 어떤 부모들은 갓난아이를 보며 작업의 욕망
을 불태운다. '작품을 한번 만들어보자고. 녀석을 훌륭한 의

◆　　사이먼 스위프트, 『스토리텔링 한나 아렌트』, 이부순 옮김, 앨피, 2011, 35~36쪽
　　　참조.
◆◆　한나 아렌트, 『어두운 시대의 사람들』, 홍원표 옮김, 한길사, 2019, 101쪽 참조.

사로 키울 거야. 아니 판검사가 나으려나.' 그들은 근사한 목재를 얻은 목수처럼 외친다. 하지만 아이가 제 욕구를 드러내며 짜놓은 계획표대로 움직이지 않을 때 그들은 존재의 복수성plurality을 절감한다. '얘는 나와 다른 존재구나. 대화가 필요해!'

한나 아렌트의 구분법대로라면, 타자를 전제하는 활동인 대화는 '행위action'에 속한다. 인간과 사물 사이의 관계인 작업과 달리, 행위는 사람들 사이에서 자신을 드러내는 활동이다. 그런데 행위에는 불안이 따른다. 나와 다른 욕구와 관심을 가진 타인들이 내 의도대로 반응하지 않아서 행위의 결과를 예상할 수 없기 때문이다. 우리가 인간관계에서 느끼는 불안이란 대부분 이런 것이다. 그래서 예측 가능한 통제 과정에 속해서 불안을 제거하려는 욕구가 생겨난다. '행위'하는 대신 '기능'하려는 욕구 말이다.

한나 아렌트는 요아힘 페스트와의 인터뷰에서 '기능하기functioning'는 행위하기를 멈추는 것임을 강조한다. "행위에서 중요한 것은 남들과 함께 행동하기, 즉 함께 상황을 논의하기, 어떤 의사 결정에 도달하기, 책임을 받아들이기, 우리가 하는 일에 대해 사유하기 등이 있는데, 이 모든 것이 기능하기에서는 제거"◆된다. 선택하고 결정하는 사람은 (부모든, CEO든, 총통이든) 한 명이면 족하고 나머지는 그 계획에

◆　한나 아렌트, 『한나 아렌트의 말』, 윤철희 옮김, 마음산책, 2016, 77쪽.

따라 기능하면서 예상한 결과를 얻으면 된다. 대화는 불필요하다. 매뉴얼을 숙지하고 실행하라. 만일 최고 결정권자가 머릿속에서 지옥을 그리면 지옥의 질서가 그대로 실현된다. 이것이 기능적 안전성의 아이러니이다. 우리는 안전하게 지옥에 도착했다! 그녀는 나치 전범 아이히만에게서 안전성에의 터무니없이 멍청한 열정을 발견했다. 그리고 기능하기는 복종의 쾌감을 주는 변태적 행위에 불과하다고 덧붙였다.

　　행위하기가 기능하기로 대체될 때 대화와 설득의 공간인 공적영역은 사라진다. 상명하복의 원칙을 신봉하고, 공무원과 국민은 자기 결정에 따라 일사불란하게 움직이기만 하면 된다고 여기는 최고 결정권자가 있다고 하자. 자신은 카리스마적 리더십을 발휘하는 중이라 확신할 테지만, 아렌트는 망상이라고 말할 것이다. 국민을 위한다는 그의 마음이 설령 진심일지라도 정치는 실종되고 만다. 그가 유일한 진리의 담지자를 자처하며 공동체의 구성원들과 소통하지 않고 그들에게서 대화하고 행위할 가능성을 빼앗았기 때문이다.

　　아렌트는 현대사회에서는 행위가 사라졌을 뿐만 아니라 작업에서 중요한 '유용성의 원리'도 무너졌다고 진단한다. 매일매일 유용한 상품들이 쏟아져 나오는데도 그렇게 말할 수 있을까? 대한민국은 세계 5위의 헌 옷 수출국이다. 이 옷들이 유용성에 따라 만들어졌다면 개발도상국들로 보내져 쓰레기 산을 이룰 이유는 없을 것이다. 일주일마다 신

상품을 쏟아내는 울트라 패스트 의류산업은 우리 삶의 궁극 척도가 사물의 유용성이 아님을 보여준다.◆ "(유용성의) 원리는 이제 대상의 사용을 지시하는 것이 아니라 생산과정과 관계 맺게 된다. 이제 생산성을 자극하고 고통과 수고를 덜어주는 것이 유용한 것이다." 과잉 생산되고 과잉 소비되는 사물은 인간에게 유용하지 않다. 생산성에만 유용할 뿐. 더 많은 소비를 외치는 열망은 더 많은 노동을 외치는 열망의 다른 얼굴이다. 이 열망은 다른 동료 인간들에게서 행위와 사유의 가능성을 빼앗고, 그들을 더 많은 노동, 더 위험한 노동으로 내몬다.『인간의 조건』마지막 장에서 아렌트는 탄식하는 어조로 이를 "노동하는 동물의 승리"라고 표현했다.

◆　　권영은, "무심코 버린 옷 한 벌, 썩지 않는 쓰레기 되어 돌아와요", 〈한국일보〉, 2021년 7월 14일 참조.

유대인을 두려워한 철학이
유대인 천재들을 낳았다

마르틴 하이데거
『존재와 시간』
이기상 옮김, 까치, 1998

유명한 독일 물리학자 바이츠제커는 하이데거의 강의를 듣고 충격을 받은 채 중얼거렸다. "바로 이것이 철학이다. 나는 그의 말을 한마디도 이해하지 못한다. 그럼에도 이것이야말로 철학이다." 우리를 매우 어리둥절하게 만드는 고백이다. 한마디도 이해하지 못했는데 확신을 주는 분위기는 철학 강의보다는 부흥회에 어울리는 것이 아닌가! 그러나 확실히 1930년대 유럽에서는 '하이데거 컬트'라고 부를 만한 열광의 흐름이 형성됐고 그 출발점은 1927년 하이데거의 첫 책 『존재와 시간』의 출간이었다.

그 무렵 프랑스의 문학평론가 블랑쇼와 환대의 철학자 레비나스는 스무 살을 갓 넘긴 청년이었다. 둘은 같은 대학에 다니며 함께 철학과 문학 스터디를 하고 있었다. 하루는 레비나스가 독일에서 막 출간된 하이데거의 책을 가져와 블랑쇼에게 읽어보자고 권했고, 그렇게 시작된 독서는 두 사람을 큰 충격에 빠뜨렸다. 레비나스는 곧바로 새로운 지적 진원지를 찾아 하이데거가 있는 마르부르크대학으로 유학을 떠났다. 블랑쇼는 평론가로 유명해진 이후에도 그 책과의 강렬한 만남을 종종 언급했다.

한 그래픽노블 작가는 하이데거의 강의 출석부를 '천

재들의 명단'이라고 표현한다. 출석부에 적힌 이름들을 살펴보면 과장이 아니다. 요나스, 스트라우스, 마르쿠제, 뢰비트, 레비나스, 아렌트…… 좀 더 정확히 표현하자면, 이 출석부는 현대 사상사를 빛낸 걸출한 '유대인' 천재들의 명단이다. 이후 이들의 관심은 환경철학, 정치철학, 윤리철학, 정신분석학 등으로 다양하게 뻗어나갔고 정치적 입장도 좌파 사상가, 신보수주의자 등 제각각이었지만 이들은 모두 하이데거의 가장 진지하고 열정적인 학생들이었다는 점에서만큼은 하나로 묶일 수 있다.

　『존재와 시간』은 획기적인 책이다. 전통적으로 서양철학의 가장 중요한 물음은 '존재란 무엇인가'였다. 하이데거는 이 책에서 선배 철학자들의 존재 탐구는 제대로 된 것이 아니었다고 과감하게 선포한다. 그들의 진지한 질문과 나름대로의 답변이 적중했다면 서구 문명이 이토록 유래 없는 위기를 맞이했을 리 없다는 것이다. 1890년에서 1920년대까지 유럽에는 '세기말'과 '데카당스(퇴폐)'라는 말이 유행한다. 유럽 대륙 전체가 낡고 지루한 곳이라는 느낌이 사람들의 마음속에 차올랐다. '무슨 재밌는 일 안 생기나?' 이런 기분이 젊은이들 사이에 퍼질 무렵 제1차 세계대전이 터졌다. 따분한 삶을 벗어던지고 진정한 모험을 시작하게 되었다고 모두가 흥분했지만 전쟁의 실상은 참혹했다. 과학은 인류가 한 번도 경험해보지 못한 대량살상을 가능케 했고, 그제야 사람들은 자신들의 문명 전체가 커다란 위기에 빠졌음을 실감했다. 한 시인의 조롱 섞인 표현에 따르면 '서양 문명은 실패작, 이빨 빠진 늙은 개'였다.

하이데거는 이런 위기감 속에서 이십대를 보냈다. 독일 남부에서 성당지기의 아들로 태어난 그는 자연을 벗 삼아 아름다운 유년 시절을 보낸 젊은이였다. 고향을 떠나와 접하게 된 유럽 대도시의 산업 문화가 그에게 끔찍한 느낌을 주었던 것일까? 그는 『존재와 시간』에서 분주하고 획일적인 도시의 대량화된 인간 군상을 '세인世人'이라는 말로 표현했다. 우리가 '남들이 그래'라고 하며 세상 사람들을 막연하게 칭할 때 사용하는 일상어를 철학 개념으로 쓴 것이다. 이 책에는 잡담, 불안, 기분, 염려 같은 단어들도 등장한다. 전통적인 철학 개념 대신 일상어들을 철학적 용어로 가져온 시도는 당대의 젊은이들에게 무척 힙하게 느껴졌던 모양이다.

『존재와 시간』을 요약하면 이렇다. 하이데거는 인간을 '현존재'라고 부른다. 현존재는 자기 자신으로 존재하거나 그 자신이 아닌 것으로 존재할 수 있는 가능성을 지닌 실존적 존재이다. 이 존재는 더불어 살아가는 삶 속에서 세인의 통치에 놓이게 되고 자신의 본래적 가능성을 상실하게 된다. 현존재는 자신의 본래적 가능성을 왜 그토록 쉽게 내려놓을까? 남들과 같은 삶의 매뉴얼을 따르면 자신이 판단하고 결정해야 할 부담으로부터 자유로워질 수 있기 때문이다. 즉 세인은 개개인을 "존재부담 면제"의 상태로 만들어준다. 그러나 불현듯 현존재는 자신을 잠식하는 알 수 없는 불안을 느끼게 된다. 그 불안의 기분은 그가 그동안 견지해온 삶의 확실성을 붕괴시키기 때문에 그는 그것을 회피하려고 한다. 하지만 하이데거는 그 기분을 받아들이는 순간 현존재에게는 자기 자신으로 존재할 가능성이 열리게 된다고 말한다. 낯설고 섬뜩한 기분의 한가운데서 현존재는 자신이 죽을 수밖에 없는 유한한 존재임을 깨닫고 자신의 고유한 가능성을 향해서 나아간다는 것이다.

시인 릴케는 노래했다. "오 신이여, 우리에게 저마다의 고유한 죽음을 주소서." 하이데거는 릴케가 시적으로 표현한 것을 자신은 철학적 사유로 반복한다고 말했을 정도로 릴케의 열혈 독자였다. 시인이 말한 '저마다의 고유한 죽음'을 철학자는 이렇게 풀어낸다. 우리가 아무리 세인의 방식을 따라 산다고 해도 죽음만큼은 타인이 대신 겪어줄 수 없는 사건이다. 물론 사고 현장의 의인, 재난 현장에서 아이를 지키려는 엄마처럼 누군가는 다른 사람을 위해 죽기도 한다. 하지만 그 행위가 한 존재를 죽음에서 완벽하게 지켜내지는 못한다. 엄마가 구한 아이도 영원히 살 수는 없으니 말이다. 죽음만큼은 각자가 직접 겪을 수밖에 없는 사건이다. 하이데거는 죽음 앞에 홀로일 수밖에 없는 존재인 우리에게 자신의 삶이 완료되는 순간인 죽음을 떠올려보라고 말한다. 그 순간으로 미리 달려가서 우리가 유한한 존재임을 실감하게 될 때 누구의 시선도 의식하지 않고 내가 진실로 원하는 삶을 향해 자신을 내던질 수 있다는 것이다. 이것이 바로 '죽음에의 선구'를 통한 '기투'이다.

인간이 어떤 존재인가를 밝히기 위해 독창적인 죽음론을 펼치는 부분은 『존재와 시간』에서 가장 유명한 대목이지만, 사실 현대 이론가들에게 영감을 준 것은 그 결론에 이르는 데 동원된 디테일들이다. 가령 '불안Angst'과 '두려움Furcht'의 구분 같은 것. 호랑이가 두렵다. 강도가 두렵다. 이런 표현에서 알 수 있듯 두려움에는 대상이 있다. 일상적으로는 입시 불안, 실직 불안처럼 이유와 대상이 분명할 때도 불안이라는 말을 쓰긴 하지만 하이데거의 구분에 따르면 이것들은 두려움에 해당된다. 이와 달리 근본적인 불안은 대상이 모호하다.

그런데 이탈리아 철학자 비르노에 따르면 하이데거의 이 구분법에서 중요한 것은 우리가 대상 없는 불안의 고통을 피하기 위해 두려움을 만들어낸다는 점이다. 세계가 불확실하고 미결정적인 것으로 남아 있을 때 사람들은 불안을 느낀다. 우리는 이 기분을 해결하기 위해 어떤 특정 대상을 위험한 것으로 지정해서 모호한 고통을 확실한 고통으로 바꿔버린다. 명확한 경계의 대상이 생기는 순간 그것만 제거하면 세계는 다시 확실하고 안전한 곳이 될 것이라고 믿기 때문이다. 이주노동자들이 범죄를 저지를까 두려워. 저 동양인은 걸어 다니는 바이러스야. 이처럼 두려움의 대상을 고안하고 이들만 사라지면 사회가 안전하고 건강해질 거라는 감정적 방어책을 만들어내면서 타인에 대한 잔혹한 반응을 정당화하게 된다.

　　인류 역사에 등장했던 각종 학살은 대부분 불안 회피용 방어책의 결과였다. 그런데 이 심오한 통찰은 정작 통찰을 제공했던 철학자에게서는 망각된 것 같다. 하이데거는 유대인들을 기술 진보에 앞장서며 현대인의 자기소외를 만들어내는 범죄행위의 주범으로 지목했다. 기술문명이 주는 막연한 불안을 유대인이라는 두려움의 대상을 고안함으로써 해소하려 한 것이다. 그는 고향과 같은 대지를 만들기 위해 나치즘에 동조했고 유대인 학살에는 무관심으로 일관했다. 하이데거의 출석부에 적힌 이름의 주인들은 자신들이 가장 존경하고 사랑했던 선생의 입을 통해 세상에서 추방될 처지가 되고 말았다. 하이데거 이후의 현대철학은 이 젊은이들이 깊은 고통과 환멸에서 자신의 영혼을 구원하려는 절망적인 노력의 산물이라고 할 수 있다.

번번이 죽고 태어나는 경험으로
붐비는 곳, 문학

모리스 블랑쇼
『문학의 공간』
이달승 옮김, 그린비, 2010

어떤 책은 독자를 밀어내는 듯한 느낌을 줄 때가 있다. 반드시 이해하고 말겠다고 다짐하지만 다가갈 때마다 늘 쫓겨나는 기분이 들게 하는 책, 바로 모리스 블랑쇼1907~2003의 『문학의 공간』이다. 그런 책을 만날 때면 우리는 우회로를 택한다. '저자가 어떤 사람인지를 알면 그가 쓴 글에 더 가까이 다가갈 수 있지 않을까?' 그런데 블랑쇼는 이마저도 쉽지 않다. 레비나스, 바타유와 절친이었으며 푸코, 들뢰즈, 데리다 같은 현대철학자들에게 큰 영감을 준 사람. 프랑스의 68혁명을 지지하는 정치활동에 참여했고 1968년 이후에는 은둔하며 글쓰기에만 몰두했던 사람. 이게 전부다. 사진도 거의 남아 있질 않다. 레비나스와 찍은 젊은 시절의 사진 한 장이 없었다면 우리는 그의 얼굴도 모를 뻔했다. 신비한 책의 신비한 저자이다.

운 좋게도 한 가지 일화가 전해지는데, 블랑쇼가 80세에 한 시사잡지에 실은 글 덕분이다. 그는 스무 살 무렵, 친구 레비나스의 권유로 하이데거의 『존재와 시간』을 읽고 지적 충격을 받았다. 하지만 1933년 하이데거는 나치에 협력하는 행태로 두 사람에게 더 큰 충격을 주었다. "사유의 위대한 순간에 우리들에게 가장 고귀한 질문, 존재와 시간으로부터 온 질문을 던지도록 초대하던 바로 그 글과 언어를 하이데거는 히틀러를 위해 투표할 것을 호소하기 위해서 (…) 다시 사용"*했다.

이 철학자의 행보는 유대인이었던 레비나스는 말할 것도 없고, 죽음의 수용소로 끌려갈 위기에 처한 레비나스의 가족을 탈출시켰던 블랑쇼에게도 깊은 상흔을 남겼다. 사랑이 깊으면 환멸도 깊기 마련이다. 블랑쇼는 『문학의 공간』에서 하이데거식의 죽음론을 집요하게 문제 삼는다. 그것도 하이데거가 그토록 좋아했던 릴케와 톨스토이를 인용하면서 말이다.

하이데거는 '나의 죽음은 오직 나만이 경험할 수 있는 본래적인 사건'이라고 선언했다. 인간은 누구도 대신해줄 수 없는 자신의 죽음을 미리 떠올리며 유한자임을 깨닫고 그 자신의 본래적 가능성을 찾기 위해 결단해야 한다는 의미였다. 물론 아름다운 이야기이다. 하지만 하이데거는 나의 죽음의 중요성에 몰두하느라 타자의 죽음이 나에게, 그리고 우리에게 주는 영향에 대해서는 별 관심을 두지 않았다.

그래서였을까? 그는 유대인 수용소에서 부모를 잃은 파울 첼란의 시를 높이 평가하면서도 나치 협력에 대해서는 단 한마디 사과도 하지 않았다. 두 사람이 만났을 때 첼란은 직접 쓴 시 한 편을 건네며 진심 어린 대화를 나누길 원했지

◆　　모리스 블랑쇼, 『정치평론 1953~1993』, 고재정 옮김, 그린비, 2009, 199쪽.

만 하이데거는 아랑곳하지 않았고, 3년 뒤 시인은 센강에 몸을 던졌다. "용서받지 못할 일에 대해 끝내 용서를 청하지 않은 그의 거부가 첼란을 절망 속에 몰아넣었고 아프게 만들었다"고 블랑쇼는 탄식했다. 하이데거는 타자의 말에 응답할 줄 모르고 타자의 죽음에도 영향받지 않는, 정말이지 대단히 독립적인 실존이었다.

아름답고 난해한 이 책에서 가장 크게 메아리치는 것은 이 오만한 실존에 대한 저항이다. 블랑쇼는 '나는 나의 죽음을 절대 경험할 수 없다'고 말한다. 고대 철학자 에피쿠로스의 말처럼 "우리가 존재하는 한 죽음은 우리와 함께 있지 않으며, 죽음이 오면 이미 우리는 존재하지 않기 때문이다."◆

블랑쇼는 키릴로프와 아리아의 예를 든다. 도스토옙스키의 『악령』에 나오는 청년 키릴로프는 신이란 죽음을 두려워하는 인간이 만든 환상의 산물이라고 여기는 무신론자이다. 그래서 사람들 앞에서 자살을 시도하며 신이 없다는 것과 인간은 자유의지로 죽음과 결연히 만날 수 있다는 사실을 증명하려고 한다. 그러나 청년이 의기양양하게 죽음과 만나려는 순간, 그가 맞이하게 되는 것은 자신의 부재이다. 그는 죽음을 정복하려는 찰나에 사라졌다.

아리아는 고대 로마의 귀부인이다. 남편이 모반죄로

◆　　에피쿠로스, 『쾌락』, 오유석 옮김, 문학과지성사, 1998, 43~44쪽.

황제의 자결 명령을 받고 두려움에 떨자 아리아는 대담하게 단도를 자기 가슴에 깊이 찔렀다가 뽑아 남편에게 주면서 말했다고 한다. "전혀 아프지 않군요." 명예를 지키기 위한 자결을 고대 로마에서는 '고귀한 죽음'이라고 불렀다. 아리아의 손녀가 전한 이 일화는 로마에서 가장 널리 알려진 고귀한 죽음의 이야기라고 한다. 그런데 일화는 죽음의 낯선 심연에 대해 아무것도 말해주지 않는다. 아리아는 몹시 훌륭하게 죽는다. 끝까지 죽음에서 돌아선 채 '삶을 향하여' 있는 죽음. 침착하고 절도 있는 방식으로 살아 있는 자들을 감동시키는 죽음. 이 고귀한 죽음에는 죽음이 없다. 죽음의 순간을 예의 바른 것으로 만들고자 하는 욕망, 끝까지 인간적 품위를 지키려는 삶의 욕망이 있을 뿐이다.

그러므로 인간이 '자기 죽음을 향해 홀로 달려가는 존재'일 때만 본래적일 수 있다는 생각에는 의문의 여지가 있다. 인간은 자기 죽음과 제대로 만날 수조차 없다. 의사에게 시한부 선고를 받은 사람은 죽어가고 있다는 것을 느낀다. 하지만 죽음 자체는 체험되지 않는다. 죽음이 덮쳐와 그를 '다른 누군가'로 만들 뿐이다. 블랑쇼는 이것을 '비인칭의 죽음'이라고 부른다. 나(1인칭)와 너(2인칭)도 아니고 그/그녀(3인칭)도 아닌 누군가의 죽음이기 때문이다. '존재했었으나 지금은 없는' 아무도 아닌 누군가는 비인칭이라 할 수 있다.

죽음은 항상 나의 바깥 경험이다. 나를 한없이 무력하게 만드는 이 사건이 체험되기 위해서는 다른 사람들이 필요하다. 기억해줄 사람이 없는 죽음은 우리를 비통에 빠뜨린다. 그래서 에밀리 디킨슨도 "작년 이맘때 나는 죽었다"라고 시작하는 시에서 누가 자신을 가장 그리워하지 않을까를 궁금해한 것이다(그들이 날 그리워할 것은 당연하다!). 우리는 죽음을 상상하며 죽은 뒤에도 영혼이 남아 있을지 그 영혼은 어디로 갈지 궁금해한다. 그러나 더 절실하게 궁금한 것은 시인과 같다. 누가 나를 제일 그리워하며 슬퍼할까? 당신은 언제까지나 나를 기억할까? 혹은 내 강아지는 누가 데려갈까? 등등이다.

우리는 자기의 죽음을 상상하면서도 죽음 자체가 아니라 타자들을 향해 나아간다. 우리는 자신의 죽음보다 사랑하는 이의 죽음을 더 고통스러워한다. 때로 어떤 이들은 다른 이를 구하려고 죽음을 불사하기도 한다. 물론 그들이 살린 사람이 영원히 살지는 못한다. 하이데거의 말대로 인간은 타자를 '위해서', 즉 '대신해서' 죽을 수 없는 것이다. 그럼에도 불구하고, 이 무력함을 넘어서, 인간은 타자를 '향해서' 죽어가는 일을 멈추지 않는다.

나의 죽음이 내가 아닌 것이 되는 비인칭의 죽음이라면 타자의 죽음은 내게 가장 격렬하게 닥쳐오는 비인칭의 경험이다. 타자의 죽음과 마주한 순간 우리는 근원적 전복에 처하게 된다. 고통을 통과하며 지금까지의 나와 달라지고, 다른 존재로 바뀐다. 블랑쇼는 '문학의 공간'이 이런 비인칭성의 경험들로 붐비는 곳이라고 여겼다.

카프카가 '문학적 전복'에 관해 친구 오스카 폴락에게 보낸 편지의 일부를 읽어보자. "만일 우리가 읽는 책이 주먹질로 두개골을 깨우지 않는다면, 그렇다면 무엇 때문에 책을 읽는단 말인가? (…) 우리가 필요로 하는 것은 우리에게 매우 고통을 주는 재앙 같은, 우리가 우리 자신보다 더 사랑했던 누군가의 죽음 같은, 모든 사람들로부터 멀리 숲속으로 추방된 것 같은, 자살 같은 느낌을 주는 그런 책들이지, 책이란 우리 내면에 존재하는 얼어붙은 바다를 깨는 도끼여야 해."◆ 위대한 책들의 타격 아래서 우리는 번번이 죽고 또 번번이 다른 존재로 태어난다. 문학의 공간이란 그런 곳이다.

종종 사는 데 지쳐 힘이 빠질 때 바닥에서 나를 다시 끌어 올리는 것은 언젠가 죽을 존재라는 유한성의 자각이 아니라 오래된 죽음에 대한 기억들이다. 학생 시위가 연일 계속되던 1991년 5월의 어느 토요일, 경찰의 강경 진압으로 한 학생이 시위 현장에서 목숨을 잃었다. 성균관대 불문과 3학년 김귀정. 나와 내 친구들이 있던 데서 가까운 윗골목이었다. 영정 사진으로 처음 봤던 여학생의 말간 얼굴이 아직도 잊히질 않는다. 나는 그 불문과 여학생의 영원히 앳된 얼굴을 떠올리며, 그 애와 함께 블랑쇼를 읽고 문학의 공간을 힘내서 서성거린다.

◆ 프란츠 카프카, 『행복한 불행한 이에게』, 서용좌 옮김, 솔출판사, 2017, 67쪽.

피해자의 슬픔을 응시하는
문학적 용기

잉에보르크 바흐만
『이력서』
신교춘 옮김, 한국문연, 1987

빈센트 반 고흐는 사람을 사랑하는 것 이상으로 예술적인 것은 없다고 말했다. 그렇다면 잉에보르크 바흐만1926~1973이야말로 정말 어렵고 힘들게 예술적인 삶을 성취한 인물이라고 할 수 있을 것이다. 정신과 의사이자 작가인 리디 살베르는 바흐만의 삶에 대해 이런 물음을 던진다. "결연히 히틀러 편에 선 사람을 아버지로 둔 그녀는 부모가 죽은 강제수용소에서 살아나온 유대인 시인을 사랑했다. 이런 딜레마를 마음에 품고 어떻게 살아갈까?"◆

빈에 있는 한 초현실주의 화가의 집에서 바흐만은 죽음의 수용소에서 빠져나온 루마니아 유대인 시인 파울 첼란을 만나 사랑에 빠졌다. 둘은 많이 달랐지만 한 가지 공통점이 있었다. 독일어로 글을 쓰며 문학을 사랑한다는 것. 바로 이 공통점이 사랑을 싹트게 했지만 동시에 그들에게 견디기 힘든 고통을 주었다. 독일어는 첼란에게는 가족을 학살한 자들의 언어였으며 바흐만에게는 자신에게 살인자의 피가 흐른다는 것을 매 순간 각인시켜주는 언어였다. 그들은 사랑하는 이를 바라보기가 힘들었다. 마주할 때마다 연인에게서 죽

◆ 리디 살베르, 『일곱 명의 여자』, 백선희 옮김, 뮤진트리, 2015, 249쪽.

은 사람들의 얼굴이 떠올랐고 한 사람은 희생자가 된 것처럼, 다른 한 사람은 살인자가 된 것처럼 고통스러워했다. 첼란은 바흐만에게 헌정한 시에 이렇게 썼다. "낯선 여자에게 말해야 할 거예요/ 있잖아, 나 그 여자들 곁에서 잤어"(「이집트에서」).◆ '낯선 여자'는 아리안 민족의 여자인 바흐만이고, '그 여자들 곁'이란 수용소에서 죽은 유대 민족 여자들의 시신 곁이다. 그는 동족의 시신 곁에 누워 있다 살아나왔다. 죄책감으로 가득한 사랑. 그래서 그들은 짧게 만나고 자주 헤어질 수밖에 없었다. 그렇지만 죽을 때까지 사랑했다.

　　바흐만은 수줍음이 많은 사람이었다. 독일어로 글을 쓰는 작가들의 모임인 47그룹에서 작품을 낭송할 때는 너무 떨려서 기절을 했을 정도였다. 매우 조용하고 어딘지 모르게 취약해서 사람을 끌어당기는 아름다움을 가졌다고 그녀를 아는 이들은 입을 모아 말했다. 그렇지만 바흐만은 강하고 용감한 사람이기도 했다. 첼란과의 사랑에서도 그녀가 더 적극적이고 더 치열했다. 소설가 베른하르트가 "가장 위대하고 유일하며 향후 100년간 우리가 부끄러워하지 않을 작가로 남을 사람"이라고 말할 만큼 좋은 시와 소설을 쓸 수 있었던 것도 그녀가 사랑하는 데서 보여준 것과 같은 강한 용기 덕분이었다.◆◆ 첼란이 프랑스 귀족 가문의 판화가로 알려진

◆　　위의 책, 241쪽.

◆◆　　위의 책, 245쪽 참조.

지젤 레스트랑주와 결혼한 뒤에도 바흐만은 그의 가장 좋은 친구로 남아서 트라우마로 심한 정신적 불안을 겪는 그를 도왔다. 그녀는 고통받는 이에 대한 순수한 애정을 가진 사람이었다. "확실한 것은, 오직 사랑만이,/ 그리고 한 인간만이 다른 인간을 끌어올린다는 것"(「로마의 밤풍경」)을 결코 잊지 않았다.

피해자들은 원치 않아도 기억 속으로 내팽개쳐져 폭력적인 순간을 되풀이해서 산다. 그렇지만 가해자 집단에 속한 이들은 그렇지 않다. 독일인들에게는 600만 명의 유대인을 살해했다는 괴로운 과거는 빨리 잊고서 패전으로 황폐화된 나라를 경제적으로 되살리는 일이 가장 큰 관심사였다. 오스트리아인들 역시 1938년에 히틀러에 의해 합병되었다 종전과 함께 되찾은 독립국가를 재건하는 일이 가장 중요했다. 그러므로 오스트리아 제국의 여자인 바흐만은 다르게 살 수 있었다. 첼란의 시 속에 나오는, 대학살의 고통을 못 본 척한 다른 이들처럼 말이다.

그러나 바흐만은 첼란이 전하는 진실을 세상에 알리기 위해 최선을 다했다. 그녀에게 첼란을 사랑하고 지지하는 일은 살인자의 언어로 전락한 독일어에 피해자의 흔적을 기입하고 그것을 통해 독일어로 쓰인 문학을 정화하는 일과 같았다. 그러기 위해서는 집단학살에 대해 변명을 하고 그 것을 망각하라고 부추기는 강한 회피의 힘을 이겨낼 강력한 용기가 필요했다. 첫 시집 『유예된 시간』에 실린 짧은 시

「장미의 벼락 속에서」에는 그 응시의 용기가 간절하고 아름답게 표현되어 있다.

> 우리가 장미의 벼락 속에서 어디로 몸을 돌리든
> 어둠은 가시들로 불 밝혀지고,
> 숲에서는 그토록 고요하던 잎새의
> 천둥이 이제 우리를 뒤따른다.

전쟁과 폭력으로 얼룩진 세상은 한없이 어둡다. 그런 세상에서 사랑은 벼락처럼 아주 잠시 동안 번쩍이며 어둠을 밝힌다. 장미꽃처럼 붉고 짧은 빛 속에서 바흐만은 꽃들을 몽환적으로만 그려내지 않는다. 피어난 꽃들 아래 환하게 불 밝혀진 역사의 과오라는 가시들을 뚫어지게 응시한다. '나는 장미의 벼락 속에서 가시에 찔리며 그를 포옹할 것이다. 벼락 뒤에 따르는 천둥같이, 사랑의 끝나지 않을 비명이 이제 우리를 뒤따를 거다'라고 그녀가 독백하는 것만 같다.

정말 그랬다. 삶의 마지막 순간까지 비명이 그들을 뒤따랐다. 1970년 첼란이 추격 망상에 시달리다 센강에 몸을 던져 죽은 1년 뒤, 그녀는 소설 『말리나』에서 주인공의 목소리를 빌려 이렇게 썼다. "내 삶은 끝났다. 압송 도중 그가 그만 강에 빠져 죽었으니까. 그가 내 삶이었으니까. 나는 그를 내 삶보다 더 사랑했다."◆ 이것은 개인적 고백인 동시에 문학적 고백이다. 인간으로서 감당하기 힘든 고통과 위로할 길 없는 슬픔을 한 사람에게서 감지하고 그를 마지막 순간까지 지키려고 안간힘을 쓰는 것이 바로 문학의 일이기 때문이다. 그런 안간힘이 사라질 때 문학은 끝난다. 그래서 문학은 한없이 다정한 일이지만, 또 비명이 나올 만큼 끔찍한 일이다. "달이 터진 쓸개를 담은 항아리를 들고서 찾아온다/ 그러나 그대의 몫을 마시어라. 쓰디쓴 밤이 내린다."(「진실한 것은」)

◆ 잉에보르크 바흐만, 『말리나』, 남정애 옮김, 민음사, 2010, 260쪽.

삶도, 시도 중단할 수 없었던
러시아 국민시인

안나 아흐마토바
『레퀴엠―혁명기 러시아 여성시인 선집』
석영중 옮김, 고려대학교출판부, 2004

언젠가 국문과 교환학생으로 온 우크라이나 여학생에게 러시아의 시인 안나 아흐마토바1889~1966에 대해 물은 적이 있다. 우크라이나 교과서에도 나오는, 한국의 김소월 같은 시인이라는 대답이 돌아왔다. 오랫동안 그녀가 받아온 대중적 사랑이 실감 나게 느껴졌다. 아흐마토바는 예술가들로부터도 큰 사랑을 받았다. 그녀를 위해 블로크, 만델슈탐, 파스테르나크 같은 위대한 작가들은 헌정시를 썼고 모딜리아니는 초상화를 그렸다. 작곡가 프로코피예프는 그녀의 시에 곡을 붙이기도 했다.♦ 스탈린이 아흐마토바의 인기를 질투해서 작가동맹에서 제명시켰다는 이야기가 떠돌 정도로 그녀는 많은 사랑을 받았다.♦♦ 그러나 한국어로 번역된 그녀의 시집들은 절판되었거나 품절 상태다. 다행히 석영중 교수가 번역한 러시아 여성 시인 선집 『레퀴엠』에 그녀의 시 서른 편이 수록되어 있다.

♦　박선영, 「아흐마토바 현상 돌아보기」, 『한국노어노문학회 학술대회 발표집』, 한국노어노문학회, 2014, 131쪽 참조.

♦♦　박선영, 「아흐마토바의 자기신화화 양상」, 『한국노어노문학회 학술대회 발표집』, 한국노어노문학회, 2013, 94쪽 참조.

그이가 이 세상에서 사랑한 것이

세 가지 있습니다

저녁의 노래와 백색 공작과

빛바랜 미국 지도였지요

그이는 어린애의 울음과

딸기잼을 곁들인 차와

여자의 히스테리는 싫어했습니다.

……그리고 나는 그의 아내였습니다.

—「그이가 이 세상에서……」 전문

　한 남자가 있다. 그가 사랑하는 것은 모두 '지금 여기'
와 무관한 것들이다. 저녁 예배의 찬송, 천사 날개를 연상시
키는 새하얀 공작새, 그리고 먼 나라의 지도. 그런 것들을 좋
아하는 사람답게 그는 일상적인 것을 싫어한다. 아이의 울
음, 설탕 대신 딸기로 만든 잼을 넣은 달콤한 홍차, 여자들의
솔직한 감정 표현(그에게는 히스테리로만 보인다)이 다 별로다.
여기까지야 흔히 볼 수 있는 남성 캐릭터에 대한 서술이지
만, 문제는 "나는 그의 아내"였다는 것. 담담하게 쓰인 마지
막 한 줄이 종이에 무심코 손가락을 베일 때처럼 통증을 유
발한다. 이런 사실의 가벼운 나뭇잎들이야말로 가라앉지 않
고 마음의 수면 위를 계속 맴돌며 고통의 파문을 일으키는
것이다.

　안나의 시는 우리를 그녀의 생으로 직진하게 만든다.

집요하게 구애했던 동료 시인 니콜라이 구밀료프와 결혼했지만, 이 마음 약한 결정은 그녀의 삶에 재앙이 되었다. 그는 갓난 아들의 울음소리를 성가시게 느꼈고 아내가 내어 온 홍차를 싫어했으며 무엇보다 동료이기도 했던 아내의 예민함과 솔직한 자기주장을 못 견뎠다.

> 몇 주, 몇 달이 아니고 몇 년 동안
> 우리는 헤어졌네
> (…)
>
>
> 내 옳음의 증거가 여울물처럼 흘러도
> 당신의 귀에는 들리지 않으리라.
>
> —「결별」에서

그러나 안나는 불행 속에 자신을 얌전히 가두지 않았다. 그와 헤어진 후에도 다른 이들과 계속 사랑에 빠졌고 거듭 결혼했고 변함없이 싸웠다. 시인은 고통이 우리를 영원히 지배하는 황제라고 느낀다. 자신을 '추위 속에서 손을 데울 장갑 한 짝마저 잃어버린 사람'으로 생각하는 것 같다. 「마지막 만남의 노래」와 같은 시에서 시인은 왼손의 장갑을 벗어 오른손에 꼈다고 노래한다. 언젠가 칠레 소설가 로베르트 볼라뇨의 『칠레의 밤』에서 보았던 문장 하나가 떠오른다. 볼라뇨는 주인공이 "장갑을 낀 것처럼 자신의 생각에 찰싹 달라붙는 정확한 표현"을 쓰는 문학평론가에게 매혹되었다고 썼다. 안나가 장갑을 낀 것처럼 자기 영혼에 꼭 맞는 사람을 만났더라면 뜨거운 가슴을 절망 속에서 식히는 일은 없었을 것이다. 하지만 어리석은 사랑은 이미 지나갔다. 꼭 맞지 않는 정도가 아니라 한 짝을 분실했으니, 이제 자신이 할 수 있는 일을 해야 한다. 그래서 남은 장갑 한 짝을 계속 바꿔 끼며 얼어붙은 두 손을 데워보려는 것처럼 분주히 살아갔다. 안나는 언제나 그런 식이었다.

　　20세기 초 러시아에서 흔히 볼 수 있었던 가부장의 화신인 아버지는 딸이 시를 쓰는 것을 극도로 혐오했다. 아버지가 '고렌코'라는 원래 성으로 시를 발표하지 못하게 하자, 그녀는 외가 쪽 족보를 뒤져 찾아낸 외증조모의 성 '아흐마토바'를 필명으로 썼다. 하지만 그녀의 작가동맹 개인 카드에는 "필명 없음"이라고 적혀 있다. 아버지의 성이 아니라 자신이 찾아낸 외증조모의 성을 진짜로 여긴 것이다.[*] 두 번째 남편이 시를 쓰지 말라고 협박하며 시들을 불태웠을 때는 푸시킨 연구에 몰두하며 자신의 시들을 다듬었다. 소비에트 작가동맹에서 제명되어 시집 출판이 금지되었을 때는 한국 고전시와 동양의 시들을 번역해 생계를 유지하면서 문학 곁에 머물렀다. 그녀는 싸우다 죽어야 전사들의 천국인 발할

---

[*] 이종현, 「필명 없음 — 안나 아흐마토바의 시 몇 편 (1)」, 웹진 〈인-무브〉(2020년 12월 30일) 참조(https://en-movement.net/300).

라에 입성한다고 확신하는 바이킹의 여전사처럼 용감했다.

볼라뇨의 다른 소설에 등장하는 어느 여주인공은 역사는 짧은 공포물 같다고 말했다. 아마 안나에게도 그러했을 것이다. 러시아혁명기에 미국을 사랑했던 전남편 구밀료프는 반혁명분자로 몰려 총살형에 처해졌다. 이미 이혼한 상태였지만 그녀는 주위로부터 반혁명분자의 가족이라는 비방을 당했다. 이 사건은 후일 구밀료프와의 사이에서 태어난 외아들 레프의 삶에도 가혹한 시련이 되었다. 레프 구밀료프는 반역자의 아들이라는 낙인 때문에 체포와 투옥을 네 차례나 겪었다. 한국 번역판 앤솔러지의 제목이 되었던 시 「레퀴엠」은 바로 이 사건과 깊은 연관이 있다. 살을 에는 추위에 폭설까지 내리는 날, 안나는 아들을 면회하기 위해 다른 여자들처럼 페테르부르크의 악명 높은 감옥 앞의 길게 늘어진 줄에 서 있었다. 추위, 배고픔과 싸우며 가족의 얼굴을 보겠다고 하염없이 기다리는 여자들에게 간수들은 뇌물을 요구하거나 뇌물이 없으면 면회를 허락하지 않았다. 그날 역시 그런 날 중 하나였다. 시인이 절망에 빠져 처절한 기분으로 돌아설 때 "여기서 벌어지고 있는 일을 세상이 알아야 해요. 당신이 이걸 쓸 수 있으시겠어요?"라는 한 여자의 목소리가 들렸다. 안나가 말했다. "할 수 있어요." 이렇게 해서 남편은 무덤에 있고 아들은 감옥에 있는 자신을 위해 기도해달라는

호소를 담은 서사시가 쓰였다.◆

소설가 윌라 캐더는 말했다. "작가가 되는 건 쉽다. 정맥을 그어 페이지마다 피를 쏟으면 된다." 혁명의 편에 섰든 서지 않았든 20세기 초 러시아 시인들의 작품을 보면 정말 맞는 말이다. 그들의 작품은 피로 쓰였다. 안나의 소중한 친구였고 풍자시를 쓰다가 결국 유형지에서 죽은 오시프 만델슈탐은 당대 시인들의 고난에 찬 삶을 '러시아의 독특한 시인 존경법'이라는 역설적 단어로 표현했다. 그는 면회를 하러 온 아내에게 "우리 지도자들은 시를 터무니없이, 거의 미신에 가까울 정도로 존경한다. (⋯) 당신은 무엇 때문에 불평하오. 우리나라처럼 시를 이렇게 존중하는 곳이 없어요. 우리나라에서는 시 때문에 사람을 죽이기까지 하지. 다른 곳에서는 생각도 못 할 일이야⋯⋯"라고 말했다.◆◆

그 시절 내내 안나는 인민의 적의 아내이자 어머니, 나프탈렌 냄새가 풍기는 구시대 사람이라는 공격을 받았다. 영국의 정치이론가이자 외교관이었던 이사야 벌린과 사랑에 빠졌을 때는 '영국 스파이' 혐의를 받아 도청을 당했다. 그러나 스탈린 통치가 끝나자 그녀는 러시아의 새로운 시인들에게 '살아 있는 고전'으로 추앙받았다. 그들 중 하나인 조

◆ 박선영, 「안나 아흐마토바의 서사적 욕망」, 『러시아학』 제14호(2017), 충북대학교 러시아·알타이지역 연구소, 42쪽 참조.

◆◆ 박선형, 「시인과 '형리': 안나 아흐마토바의 삶과 창작 속 비밀경찰의 문제」, 『러시아연구』 제29권 2호(2019), 서울대학교 러시아연구소, 115쪽 참조.

지프 브로드스키는 저온에서 드러나는 아름다움이 '진짜' 아름다움이라고 말했다. 그녀는 삶의 낮은 온도에서도 언제나 당당했고 시인으로서 아름다움을 지켰다.

안나는 말년의 에세이에서 이렇게 적었다. "나는 시작詩作을 중단하지 않았다." 이 말은 이렇게 읽힌다. "나는 어떤 슬픔 속에서도 삶을 중단하지 않았다." 지금 이런 용기가 필요한 누군가를 위해 안나 아흐마토바의 시집이 다시 출간되기를!

비극적 삶으로만 조명되기엔
황홀하고 치열한 실비아의 시

실비아 플라스
『에어리얼』
진은영 옮김, 엘리, 2022

실비아 플라스1932~1963, 강렬하고 고백적인 시를 썼고 지독한 우등생이었으며 재능과 의욕이 넘쳤던 사람. 후일 영국의 계관시인이 된 테드 휴스와 결혼해 세기의 문인 커플이 된 미국의 여성 시인. 그녀의 시 전집은 작가 사후에 출간된 책으로는 처음 퓰리처상을 받았다. 그러나 실비아의 멋진 시보다 사람들이 더 주목하는 것은 그녀의 죽음이다.

실비아의 별명은 '자살의 학교'. 두 번이나 자살 시도를 했고 세 번째에는 오븐의 가스를 틀어놓고 목숨을 끊었다. 시인의 거듭된 자살 시도에 대한 세상의 호사가적인 관심은 도를 넘어 1970년대 초 미국의 한 대학 신문에는 이런 수수께끼가 실리기까지 했다. "문: 왜 실비아 플라스가 도로를 건너갔을까? 답: 다가오는 트럭에 부딪히려고."◆ 이 고약한 농담을 남은 가족들이 읽었다면 마음이 어땠을까.

그리고 나는 미소 짓는 여자.

나는 겨우 서른 살이다.

◆ 박명욱, 「실비아 플라스, 어떤 삶과 죽음의 풍경」, 『너무 낡은 시대에 너무 젊게 이 세상에 오다』, 그린비, 2004, 59쪽.

그리고 고양이처럼 아홉 번 죽을 수 있다.

이번이 세 번째.
무슨 쓰레기를
십 년마다 없애야 하나.

(⋯)

처음 그 일이 일어났을 때 나는 열 살이었죠.
그건 사고였어요.

두 번째에 나는 작정했죠
끝까지 해내서 절대 돌아오지 않겠다고.
나는 꽉 닫힌 채 흔들렸어요

　　　　　　　　　　　—「레이디 라자로」에서

　그녀는 죽기 4개월 전인 1962년 10월에 이 시를 썼다. 시는 일종의 유서처럼 보이기도 한다. 시를 쓴 해에 그녀에게 무슨 일이 있었나? 봄에 둘째 아이를 낳았고 10월에 시집 『거상巨像, The Colossus』을 출간했지만 호응이 없었다. 그 사이 남편은 아내도 아는 여성 시인과 외도를 했다.
　테드 휴스는 "'취직'을 일종의 교도소 복역이라고 상

상"◆하는 남자였다. 실비아의 엄마는 가난한 시인과의 결혼을 탐탁지 않아 했다. 그녀는 엄마의 걱정 어린 시선에 괴로워하면서도 자신은 미국을 대표하는 여성 시인이 되고 테드는 대영제국을 대표하는 시인이 될 거라고 일기에 쓸 만큼 둘 간의 평등하고 완전한 결합을 확신했다.◆◆ 그러나 현실은 달랐다. 그녀는 육아, 강의, 남편의 비서 노릇까지 하느라 글쓰기에 집중할 시간이 없었다. 남편이 시집으로 호평을 받으며 계속 문학적 경력을 성공적으로 쌓아가는 모습을 진심으로 기뻐하면서도 그녀는 한편으로 비참함을 느꼈다. 그러면서도 남편에게 가장의 책임을 요구하는 대신 보스턴의 정신병원에 서기로 취직해서 돈을 벌었다. 실비아가 남편에게 원했던 단 하나는 자신을 기만하지 않는 것이었다. 자기의 모든 욕구를 지우면서 가정에 헌신했기에 외도의 충격은 몹시 컸다. 이런 이유로 그녀의 죽음 이후 테드 휴스는 엄청난 비난을 받았다.

죽은 실비아의 책상에 놓여 있던 마지막 시집 『에어리얼』의 원고에서 사람들은 죽음의 징후와 원인을 찾는 데 열중한다. 시집 전체가 예견된 끝을 향해 맹렬히 달려가는 충동에 휩싸여 있다고 여기는 것이다. 그러나 그녀는 생전에 출연한 BBC 라디오의 한 프로그램에서 「레이디 라자로」를

◆　　실비아 플라스, 『실비아 플라스의 일기』, 김선형 옮김, 문예출판사, 2004, 553쪽.
◆◆　　위의 책, 424쪽 참조.

낭송하면서, 시의 화자는 "다시 태어난다는 엄청나고 무서운 재능을 지닌 여인 (…) 또한 그녀는 착하고 평범하고 재치가 넘치는 여성"이라고 덧붙였다. 성경에 나오는 라자로는 죽음을 이기고 무덤에서 살아나는 사람이 아니었던가? 유혹에 빠져 10년마다 죽음을 반복하더라도 내게는 고양이처럼 아홉 번의 죽음이 있다고 화자는 말한다. 이 재치 있는 여인은 쓰레기 더미 같은 삶 속에서도 자신은 90세까지 장수할 예정이라고 장담하는 듯하다.

실비아가 이 시집 원고에 첫 번째로 배치한 시는 딸 프리다에 관한 것이었다. 그녀는 딸에게 "네 입은 고양이 입처럼 가득 열린다"(「아침의 노래」)라고 속삭인다. 그녀는 "제 멋에 겨워 제일 행복"해하는 어릿광대 같은 아이, "두 발은 별을 향해"(「너는」) 있는 아이를 사랑한다고 노래한다. 시집 원고에는 과하게 가까우면서도 몹시 증오했던 자기 어머니에 대한 시들, 결혼 생활의 괴로움을 담은 시들도 있다. 이것들은 그녀가 끔찍한 자살 충동과 싸우면서도 삶에 집중하려고 애썼음을 보여주는 기록이다. 그녀는 시를 통해 자신의 고통에 대해 말하고 비슷한 고통을 느끼는 다른 이들에게 다가가고 싶어 했다.

그녀의 딸 프리다는 아버지 테드 휴스가 편집해 출간했던 『에어리얼』을 시인 자신이 배열했던 원래 순서대로 재출간하면서 서문에 이렇게 썼다. "나는 어머니의 죽음이 마치 상을 타기라도 한 것처럼 기념되는 것을 원치 않았다. 어머니의 '삶'이 축하받기를 원했다. 어머니가 실존했고 자신의 능력을 다해 살았고 행복하기도 했고 슬프기도 했고 고통에 시달리기도 했고 황홀해하기도 했다는 사실, 그리고 내 남동생과 나를 낳았다는 사실이 축하받기를 원했다. 나는 어머니가 놀라운 작품 활동을 했으며, 평생 자신을 끈질기게 따라붙은 우울증과 싸우기 위해 용감하게 노력했다고 생각한다." 엄마의 죽음을 스캔들로 소비하는 대신 그녀가 남긴 작품 속의 치열한 삶을 보아달라는 간곡한 요청이다.

'자기 자신'으로 존재했기에
사후에야 세상과 만난 디킨슨

에밀리 디킨슨
『고독은 잴 수 없는 것』
강은교 옮김, 민음사, 2016

미국 시인 에밀리 디킨슨1830~1886에게는 특이한 수식어가 많이 따라다닌다. 뉴잉글랜드의 수녀, 미친 노처녀, 법률가의 딸……. 그러나 소설가 백수린은 이 시인을 "사회적 통념과 무관하게 자기 자신으로 존재하는 것이 아름다운 사람"◆이라고 담담하면서도 적확하게 표현했다.

에밀리 디킨슨은 19세기 미국의 청교도 문화가 지배적이었던 뉴잉글랜드에서 일생을 보냈다. 53세로 세상을 떠나기 전까지 35년 동안 집 밖으로 외출을 하지 않고 검소하게 살았다. 이 때문에 그녀는 폐쇄 수도원의 수녀로 비유되곤 한다. 또한 시를 1800편 가까이 썼지만 생전에 시집을 한 권도 내지 않았고 발표한 시도 일곱 편뿐이었다. 여동생이 죽은 언니의 서랍 속에 있던 원고들을 가져다 출간하지 않았다면 우리는 이 위대한 시인을 알지 못했을 것이다.

그녀의 할아버지는 애머스트대학을 설립한 변호사였다. 아버지도 유능한 변호사였고 지역의 유지여서 시인의 집은 주택과 헛간과 넓은 개간지를 포함해 1만여 제곱미터나

◆ 마타 맥다월, 『에밀리 디킨슨, 시인의 정원』, 박혜란 옮김, 시금치, 2021, 뒤표지 글에서.

되는 대지 위에 있었다. 그러므로 그녀가 외출을 하지 않았
다고 해서 방에 갇혀 세상으로부터 고립된 채 지냈다고 보
는 것은 오해다. 그녀는 교육에 관심이 큰 법률가 집안의 딸
이었으니 가난한 농부의 딸보다는 좋은 교육 환경 속에서
자랐을 것이다. 그렇지만 보들레르나 릴케를 '공무원의 아
들'이라고 부르지는 않으면서 유독 디킨슨에게 '법률가의
딸'이라는 별칭을 붙이는 것은 어색한 일이다.

　　사람을 멀리하는 외로운 사람, 괴짜라는 일부 설명과
달리 에밀리 디킨슨의 시들은 다정하고 심오하다. 그녀는 다
른 사람의 영혼을 찾아다니는 이의 모습은 "음악을 다 연주
할 때까지/ 건반을 더듬는 연주가"(「그이는 그대의 영혼을 찾아
다닌다」)를 닮았다고 쓴다. 누군가와 관계를 맺는다는 것은
그/녀의 여러 건반을 하나하나 눌러보고 그 소리를 들으며
그/녀를 알게 되는 과정이라는 것이다. 에밀리는 친구들에
게 천 통이 넘는 편지를 보냈고 특히 여자 친구들과 깊은 우
정을 나눴다.

　　19세기 미국 여성들 사이의 우정은 관능적이라고 할
정도로 열정적이었다고 한다. 이 뜨거운 우정은 금기가 아니
었다. "우정을 맺은 두 여성은 종종 상대의 집을 방문해 오
래 머물 때 같은 침대를 썼고, 편지를 쓸 때도 육체적이고
감정적인 그리움을 전부 표현했다. 스미스 로젠버그가 연구
한 수많은 일기와 편지를 보면 19세기 여성에게 친밀한 여

성 친구는 남편보다 훨씬 더 중요한 인물일 수 있었다."◆ 시인 에이드리언 리치는 여성을 향한 여성의 사랑을 일종의 일탈이나 스캔들로만 규정하는 프로이트식의 논리를 벗어나서, 20세기 여성들이 서로의 경험을 더 많이 공유하는 것은 에밀리 디킨슨의 시와 삶을 이해하는 데에도 도움이 될뿐만 아니라 여성의 삶을 풍요롭게 하는 데 매우 중요한 일이라고 말한다. 에밀리는 소중한 삶의 경험을 나눌 사람들을 신중하게 선택했으며 자기 시간을 잘 배분할 줄 알았다. "난 영혼을 알고 있지―그 광대한 나라에서/ 하나를 선택하라/ 그리곤―관심의 밸브를 잠가버려라―"(「영혼이란 제 있을 곳을 선택하는 법」)라고 쓸 정도로.

시인이 선택한 하나는 '자기 자신으로 존재하는 것'이었다. 관심의 밸브를 잠가버리라고 썼지만 사실 그 선택을 통해서 더 중요한 것들로 향하는 관심의 밸브를 열어놓은 셈이다. 그녀는 반려견 카를로와 산책하면서 발견한 버섯과 꽃들과 민트색의 알을 낳는 로빈새에 관심을 기울였다(한 친구에게 보내는 편지에 "나는 뭐든 카를로와 얘기해"라고 썼다). 그러곤 보고 느낀 것들을 시로 써서 친구들에게 보냈고 받는 이를 위해 시들을 조금씩 바꾸기도 했다. 에밀리는 시가 다른 사람들과 삶을 나누는 방식이 되기 위해서 반드시 출판의

◆　에이드리언 리치, 『우리 죽은 자들이 깨어날 때』, 이주혜 옮김, 바다출판사, 2020, 84쪽.

형식을 빌려야 하는 것은 아니라는 점을 잘 알았다.

그녀의 시는 대시$_{dash}$(―)로 가득하다. 시어들이 구슬처럼 대시에 꿰어져 있다. 한 단어는 다른 단어가 등장하기 전까지 대시 안에서 충분히 쉬고 있는 것 같다. 시인은 다른 사람들이 요구하는 속도가 아니라 자신이 원하는 삶의 속도로 단어에 머물 수 있는 권리를 주장하는 것처럼 보인다. 그러나 이런 문장부호의 사용법은 당시의 인쇄 문화와 관습에는 맞지 않았다. 어떤 연구자들은 에밀리 디킨슨이 시집을 출판하지 않은 것은 표준 문법에 맞춰 강제적으로 수정된 인쇄물보다는 자필로 자유롭게 표현하는 방식을 좋아했기 때문이라고 말한다.

그러고 보면 사후 출판은 에밀리에게 가장 어울리는 출판 방식일지도 모른다. 시인이 다른 이들에게 직접 시를 읽어주고 시를 동봉한 편지를 보내는 일을 더 이상 할 수 없게 된 뒤에야 인쇄기로 찍어낸 활자들이 시인의 목소리와 손 글씨를 대신하는 것이다. 어쩌면 시들이 출판된 후에만 시를 쓴 사람이 비로소 시인이 된다는 우리의 관념은 전도된 것이 아닐까? 출판 인쇄란 그저 시인이 없는 곳에서 시인의 이야기를 전하는 보조적 수단에 불과할 뿐이에요, 라고 에밀리가 다정하게 말하는 것 같다.

예술가의 삶 아닌 냉철한 지성으로 성찰을 준
'할머니 시인'

비스와바 쉼보르스카
『끝과 시작』
최성은 옮김, 문학과지성사, 2016

통찰과 유머가 넘치는 이 폴란드 할머니 시인의 시
집을 사랑하지 않기란 참 힘든 일이다. 나는 비스와바 쉼보
르스카1923~2012를 '할머니 시인'이라고 부르는 걸 좋아한다.
1994년 그녀가 노벨문학상을 수상하면서 칠십대의 노시인
으로 우리나라에 처음 소개되었기 때문이기도 하지만 더 근
본적으로는 잘 알려진 여성 시인이 비극적 최후를 맞지 않
고 장수하며 사랑과 영광을 누렸다는 사실을 늘 기억하고
싶기 때문이다. 여성 시인에게도 최악의 환경을 광기로 버티
는 처절한 삶 말고 냉철함과 지성을 발휘하며 글을 쓰고 천
수를 누리는 삶이 가능하다는 희망의 주문이랄까.

비스와바 쉼보르스카는 노벨문학상 수상 직후의 인
터뷰에서 작가로서의 특별한 야심 없이 "시 하나가 완성되
면 다음번에는 어떤 시를 쓸까 그 생각에만 빠져"◆ 지내는
평범한 인생을 살았다고 회고했다. 물론 그녀의 인생에 어
려움이 없었다고 할 수는 없다. 열네 살 때 아버지를 잃었고
대학을 중퇴해야 했으며 결혼 생활도 그다지 원만치 않았다.

◆　비스와바 쉼보르스카, 『충분하다』, 최성은 옮김, 문학과지성사, 2016, 「옮긴이
해설」에서.

또한 정치·문화적 격동기를 살았다. 그녀의 청춘은 끔찍한 전쟁과 함께 시작됐다. 폴란드의 남부 도시 아우슈비츠에선 잔악한 유태인 학살이 자행되었고, 이념에 따라 작품들을 검열하는 분위기에서 그녀는 시인으로서 첫발을 내디뎠다. 그러나 정치적 이유로 아사 직전의 궁핍을 겪다 목을 맨 마리나 츠베타예바가 겪었던 시대적 곤경("아무도 내 불을 필요로 하지 않아요. 죽을 끓이기 위한 것이 아닌 불 말이에요."*)과도, 가스 오븐에 머리를 넣고 자살을 감행한 실비아 플라스가 처했던 극도의 심리적 곤경("나는 비명을 질러야 한다. (…) 내 속에는 울음이 살고 있다."**)과도 얼마간 거리를 유지할 수 있는 행운이 그녀에게는 있었다.

　　비스와바는 이 행운을 한 방울도 낭비하지 않고 시로 자신이 할 수 있는 일을 했다. 인간 운명에 대한 실존적 성찰, 정신의 환기를 주는 아이러니, 너무 절박한 이들이 잃어버리기 쉬운 유머. 이것들을 가지고 그녀는 사랑과 역사에 대한 고정관념을 깨뜨리고, 다른 예술가들이 멈출 수 없는 비명을 통해 하려던 말을 더 많은 사람들이 잘 들을 수 있도록 했다. 초등학교 교과서에 실릴 만큼이나 평이한 언어로 말이다.

◆　　　마리나 츠베타예바가 시인 보리스 파스테르나크에게 쓴 편지의 일부. 『일곱 명의 여자』, 190쪽에서 재인용.

◆◆　　실비아 플라스, 「느릅나무」, 『에어리얼』, 진은영 옮김, 엘리, 2022, 59쪽.

"어떻게 살아야 할까요?" 누군가 내게 편지로 물었다.

이것은 내가 바로 그 사람에게 묻고 싶었던

질문이었다.

—「20세기의 마지막 문턱에서」에서

쉽고 명징하지만 마음을 울리는 시구다. 21세기를 시작하는 문턱에서 우리는 이메일이나 디엠DM으로 똑같은 질문을 하고, 100년이나 200년 뒤에는 어쩌면 목성에 있는 한 도시에서 역시 이 물음을 던지고 있을 것이다. 하지만 이 시를 읽지 않았다면 우린 묻도록 허용된 숱한 실용적인 질문 대신 이런 막연한 질문이나 반복하고 있는 자신을 부끄러워했을지도 모른다. 그러나 "또다시, 늘 그래왔던 것처럼,/ 앞에서 언급했듯이,/ 순진하기 짝이 없는 질문들보다/ 더 절박한 질문들은 없다"로 끝나는 시의 마지막 연을 읽고 나면, 이 질문이 어리숙한 나만의 것이 아니라 모두의 것이라는 사실에 위로를 받게 된다. 스무 살의 한 친구가 편지에 적어 보낸 이 질문을 받고 우물쭈물했던 사람이 나만은 아니었다는 사실에 대해서도.

우리가 계속 이렇게 물을 수 있는 것은 "자두 속에 씨가 박혀 있듯 내 안에는 당연히 영혼이 깃들어"(「풍경」) 있기 때문이다. 시인은 이렇게 말하는 것 같다. 일상의 태만하고 물렁한 과육 속에 콕 박혀 있는 각자의 영혼을 깨운다면 새로운 일들이 일어날 거야. 너는 평범한 삶을 이루는 수많은 기적을 발견할 수 있어. "많은 기적들 중 하나:/ 공기처럼 가볍고 조그만 구름 하나가/ 저 무겁고 거대한 달을 가릴 수 있다는 사실."(「기적을 파는 시장」) 그다음엔 모두 잠든 밤에도, 모두 쉬는 일요일에도 책임을 다하는 심장에게 감사할 수 있지. "내 심장아, 정말 고맙다./ 보채지도, 소란을 피우지도 않아서./ 타고난 성실성과 부지런함에 대해/ 그 어떤 보상도, 아첨도 요구하지 않아서."(「일요일에 심장에게」)

또 이 모든 기적과 감사에도 불구하고 너를 자주 엄습하는 우울에 대해서 조금 너그러워지게 될 거야. "심장에 박힌 감상적인 돌멩이 때문에/ 한 번, 또 한 번,/ 자꾸만 밑바닥으로 추락하지 않았더라면"(「안경원숭이」) 더 좋았을 테지만…… 매번 그러고야 마는 존재, 바로 그게 너다. 심장에 박힌 건 돌멩이가 아니라 씨앗이었거든. 네 영혼의!

자식이 어디선가
비명을 지르고 있기를 바라는 부모……
시로 쓴 참혹한 희망

아리엘 도르프만
『싼띠아고에서의 마지막 왈츠』
이종숙 옮김, 창비, 1998

폴란드 시인 헤르베르트는 「생애」*라는 시에서 이렇게 고백했다. 여기 평범한 한 사람이 있다. 졸린 듯한 표정을 가졌던 소년, 모험을 좋아하는 것도 아니고, 성실하지만 뛰어난 데도 없었다. 학교를 졸업한 뒤엔 적당한 직장에 취직하고 아침에 일어나 전철을 타고 출근했다가 다시 전철을 타고 돌아오는 삶. 이룬 것도 많지 않다. 우표를 수집하고 체스 실력이 괜찮은 정도? 그는 사는 게 아니라 그냥 연명하고 있는 중이다. 자신을 떠올리면 벽 위의 그림자처럼 느껴질 만큼 학교, 군대, 사무실, 집, 저녁 파티, 이 모든 곳에서 그는 언제나 창백하고 흐릿한 존재였다. 이 지독하게 평범한 삶에 대해 그는 한마디 더 덧붙인다.

어떻게 아내에게 그리고 다른 사람들에게 설명할 수 있을까
나의 모든 힘은
긴장하고 있었노라고 어리석은 짓 하지 않고 꼬임에 속

◆　　즈비그니에프 헤르베르트, 『헤르베르트 시선』, 정병권·최성은 옮김, 지식을만드는지식, 2011, 81쪽.

지 않고

더 강한 자와는 어울리지 않기 위해서

그는 평범함을 유지하려고 애써왔다. 평범함은 최소한의 인간적 품위를 유지하는 상태를 말하는 것. 우리가 그 상태를 지키기 위해 인생의 한순간도 교활하거나 타협하거나 아첨하지 않았다고 자신할 수는 없지만, 그런 순간을 조금이라도 피하기 위해 최선을 다했음을, 그는 우리 보통 사람들을 대표하여 발언한다. 그래서 그가 왜 내가 항상 피로와 불안과 고통을 느끼는지 도무지 알 수 없다고, 도대체 나는 언제쯤 쉴 권리를 가지게 되는 거냐고 질문할 때 우리는 고개를 끄덕이게 된다. 우리도 그 답이 가장 궁금하기 때문이다.

하지만 보통 사람들의 불안과 고통이 이 정도 탄식에 머무는 것은 얼마나 다행인지! 세계는 평범한 사람들에게 점점 더 가혹해진다. '평범한 사람들의 비극'이라는 말이 전혀 이상하게 들리지 않는다. 원래 고대 그리스에서 비극이란 탁월한 이들이나 고귀한 신분의 인물들이 주인공으로 등장하는 문학 장르였다. 아버지를 죽이고 어머니와 결혼한 후 사실을 깨닫고 제 눈을 스스로 찌른 오이디푸스는 왕이었다. 조국의 배신자로 낙인찍힌 오빠를 매장하지 말라는 국법을 거부하고 장례를 치르다 사형선고를 받고 자살하는 안티고네는 공주였다. 그러나 이제 고위 계층의 사람들은 비극의 주인공을 자처하지 않는다. 그들은 지독한 죄를 짓지만 스위스 은행에 비자금을 은닉했다가 체포될 무렵에는 해외로 도피해 제2의 행복한 인생을 시작한다. 혹은 멀쩡하게도 고국에서 골프를 즐기며 통장 잔고 29만 원으로 평생을 호의호식하는 놀라운 마술을 부리기도 한다. 현대의 비극은 평범한 사람들의 전유물이 되었다. 칠레 작가 아리엘 도르프만은 이 가혹한 진실을 소설과 연극으로, 시로 전하는 작가이다.

그의 시집 『싼띠아고에서의 마지막 왈츠』는 민주적인 선거로 당선된 대통령 아옌데가 군사쿠데타로 살해된 후 칠레에서 일어난 비극을 이야기한다. 소아과 의사였던 아옌데는 의료봉사를 하면서 가난한 칠레인들의 비참한 현실을 목격하고 정치활동을 시작하게 되었다고 한다. 그는 어린이들에게 무상급식을 실행하고 독점기업을 국유화하는 정책으로 국민의 사랑을 받았지만 그의 개혁적 노선을 싫어했던 미국의 설계에 따라 칠레 군부의 희생양이 되었다. 미국을 등에 업고 정권을 장악한 장군 피노체트는 수천 명을 잡아다 소리 소문 없이 죽이고 암매장했기 때문에 가족들은 잡혀간 이의 생사조차 확인할 길이 없었다.

「희망」이라는 시에는 당시의 정황이 생생하게 그려진다. 시에서 한 아버지는 5월 8일 이후 행방불명된 아들의 생사를 알고 싶어 한다. 군부는 서너 시간 의례적인 조사를 하겠다고 아이를 데려갔다. 다섯 달 지난 뒤, 누군가 피노체트의 비밀경찰들이 고문 장소로 사용하는 비야 그리말디에서

아들이 지르는 비명과 목소리를 들었다고 전한다. 그 소식을
듣고 아버지는 말한다.

내가 알고 싶은 것은 이거다
놈들이
그놈들이 아직도
제 자식을
고문하고 있다는 걸
알게 되는 게
어떻게 해서
한 애비의
기쁨이자
한 에미의 기쁨이
되는지 말이다
그건
그 애가 잡혀간 지 다섯 달 될 때까지는
아직 살아 있었다는 뜻이고,
우리의 최대
희망은
놈들이 그 애를 고문하고 있다는 소식을
내년에
듣게 되는 것이다
여덟 달이 지난 뒤에도 여전히

어떻게 해서 부모가 자식이 어디선가 비명을 지르고 있기를 바라게 되는가. 그 모든 고통을 견디고서라도 살아 돌아오기를 바라는 간절함이 부모의 마음속에 참혹한 희망을 심어놓았다.

부모는 아들과 딸을 기다리고 아내는 남편을 기다린다.「그 앤 이제 젖니를 거의 다 갈았어요」에서는 어린아이가 사진 속을 가리키며 옆집 아저씨와 같이 있는 남자가 누구냐고 묻는다. 엄마는 '아빠'라고 답한다. 아이는 아빠가 왜 한 번도 자기를 보러 안 오는지를 궁금해하지만 엄마는 아빠의 죽음을 전할 수가 없다. 대부분의 경우 그렇게 말하지 못하는 것은 아이들은 죽음이 무엇인지 모르기 때문이다. 심리치료사 메리 파이퍼는 다섯 살짜리 쌍둥이 아이들이 엄마로부터 아빠가 죽었다는 말을 들었을 때 했던 반응을 전한다. 아이들은 천진한 눈망울로 엄마에게 되물었다. "하지만 내일은 집에 오시는 거죠, 그렇죠?"

그러나 도르프만의 시에 등장하는 엄마가 아빠는 죽었다고 말하지 못하는 데는 다른 이유가 있다. 그녀도 남편이 어떻게 되었는지 알 수 없기 때문이다. 남편의 생사를 알 수 없기에 아이에게 아빠가 살아 있다고도 죽었다고도 말할 수 없다. 그래서 엄마는 아이에게 유일하게 해줄 수 있는 말을 되풀이한다. 아빠는 집에 오실 수가 없어…….

남겨진 이들이 느끼는 모호한 상실감은 그들이 겪는 상실의 사건 자체에 또 다른 고통을 더한다. 시인 헤더 크리스틸은 말한다. "누군가가 바다에서 실종됐을 때, 남은 이들이 느끼는 특별하게 잔인한 감정은 언제 눈물을 흘려야 하는지 알 수 없다는 데 있다. 오늘인가? 한참 전일까? 안갯속이다."◆ 바다 한가운데에서 사라진 사람들처럼 생사의 정확한 증거조차 찾을 수 없는 실종자들이 수천 명 생겨난 나라. 이런 땅에서 애도는 시작될 수조차 없었다. 그것이 도르프만의 시집에서 통곡이 터져나오지 않는 이유이다. 사랑하는 이의 죽음이 확실하지도 않은데 그를 위해 울부짖는다는 것은 불길한 일이다. 그래서 그들은 애타는 얼굴로 전단지를 들고 관공서와 거리를 헤매며 법원에 탄원서를 넣고 외국 기자들에게 하소연하다 돌아오는 길모퉁이에서 숨죽여 흐느낀다.

　　도르프만은 이 들리지 않는 고통을 외면하는 삶을 살 수도 있었다. 그는 아르헨티나에서 태어났고 대학 교수 아버지를 따라 두 살에 뉴욕으로 갔다. 열두 살 무렵엔 다시 칠레로 이주했지만 이후로도 영어를 사용하는 국제학교에 다니며 자신을 미국 청년이라고 생각하는 특권적 삶을 살았다. 그러나 대학 시절 이후부터 칠레의 현실을 바꾸는 일에 참여하게 되면서 칠레인의 고통을 자신의 몫으로 여기게 된다. 그는 모국어처럼 느껴지는 영어로 라틴아메리카인들의 비극에 대해 쓴다. "놈들은 내 아들을 옆방에서 고문하고 있었소/ (…) 놈들이 우리 여성 동지의 몸속에 쥐를 집어넣었단

◆　　헤더 크리스털, 『더 크라잉 북』, 오윤성 옮김, 북트리거, 2021, 161쪽.

말이오 정말이오"(「첫 번째 서시: 동시통역」). 그는 누군가의 실재하는 고통을 멜로드라마로 각색하지 않으려고 애쓰면서 정확히 동시통역하는 것이 시의 임무라 믿는다. 시인은 자신을 영어와 스페인어라는 두 명의 어머니, 두 개의 근원을 가진 언어적 존재로 느끼며 적대적 어머니들 사이에서 괴로워했다. 그러나 항상 그는 약자를 지배하고 착취하는 강한 어머니의 아이로 남지 않기를 선택한다. 그것은 그의 고백대로, 세상의 고통에 대해 고작 "전문가란 이유로/ 두둑이 보수 받고 동시통역이나 해주는"(앞의 시) 단순한 일에 불과할지도 모른다. 하지만 그저 더 강한 자와 어울리지 않기 위해 자신의 모든 힘을 쓰고 있는 한 사람 덕분에 평범한 이들의 비극이 온 세상에 알려진다.

평범한 사람들의 목소리로
군국주의를 경계하다

이바라기 노리코
『처음 가는 마을』
정수윤 옮김, 봄날의책, 2019

폴란드의 연극배우 조피아 칼린스카는 연기 지도를 받는 젊은 여배우들에게 목소리를 키우라고 말하곤 했다. "목소리를 키우라는 건 크게 말하라는 뜻이 아니에요. 본인이 원하는 바를 소리 내어 말할 자격이 있다고 스스로 느끼라는 뜻이죠. 우리는 원하는 게 있을 때 기어이 주저하고 말죠. (…) 하지만 여러분이 그 소망을 붙들어 언어로 표현할 준비가 되면, 그땐 속삭여 말해도 관객이 반드시 여러분 말을 듣게 돼 있어요."◆ 일본 시인 이바라기 노리코1926~2006의 시선집 『처음 가는 마을』을 읽었을 때 칼린스카의 이 말이 떠올랐다. 시인의 목소리는 조용하고 소박하지만, 금세 귀 기울이게 만드는 강한 힘이 있다.

내가 가장 예뻤을 때
나의 나라는 전쟁에서 졌다
그런 멍청한 짓이 또 있을까
블라우스 소매를 걷어붙이고 비굴한 거리를 마구 걸었다

◆ 데버라 리비, 『알고 싶지 않은 것들』, 이예원 옮김, 플레이타임, 2018, 19쪽.

내가 가장 예뻤을 때

라디오에선 재즈가 흘러나왔다

금연 약속을 어겼을 때처럼 비틀거리며

나는 이국의 달콤한 음악을 탐했다

내가 가장 예뻤을 때

나는 몹시도 불행한 사람

나는 몹시도 모자란 사람

나는 무척이나 쓸쓸하였다

그래서 다짐했다   되도록 오래오래 살자고

나이 들어 아름다운 그림을 그린

프랑스 루오 할아버지처럼

그렇게

—「내가 가장 예뻤을 때」에서

1941년 일본의 진주만 공격으로 태평양전쟁이 시작
되자 일본의 학교교육은 전시체제에 돌입한다. 당시 여학생
들은 교복 대신 몸뻬를 입고 현모양처 교육과 군국주의 사
상 교육을 받았다. 이런 분위기 속에서 철저한 '군국소녀'로
성장한 이바라기 노리코는 제국여자약전 약학부에 입학했
다가 학도병으로 해군 의료품 가게에서 일하게 되었다. 그
러던 중 그녀는 패전 소식을 듣고 큰 충격을 받아 친구와 기

차에 무임승차하여 고향으로 돌아온다. 개인적 욕망을 지우고 천황을 위해 희생하자는 멸사봉공의 가치를 진심으로 믿었던 여학생은 이제 모든 것을 의심하기 시작한다. 청소년기 내내 서양 문명은 죄악이고 외국인을 만나면 스파이로 여기라고 배웠지만, 패전과 동시에 라디오에선 재즈 음악이 흘러나오고 미국인들에게 굽실거리는 비굴한 이들로 거리가 술렁였다.

시인의 대표작인 「내가 가장 예뻤을 때」는 한 여자아이의 목소리로 전쟁 시기에 성장한 동시대 여성들의 슬픔을 생생하게 들려준다. 시는 일본의 중고등학교 교과서에 실렸을 뿐만 아니라 반전 노래로 만들어져 많은 이에게 애창되었다. 시인은 전쟁광들이 자신에게서 훔쳐간 것을 되찾기로 마음먹는다. 그래서 등단한 후 '미우라 노리코'라는 본명 대신 '이바라기 노리코'라는 필명을 쓴다. 일본 설화에서 이바라기는 자기 팔을 잘라 가져간 무사의 집에 사람으로 변신하고 들어가 팔을 되찾아 오는 요괴라고 한다.

천황의 무의미한 '전쟁놀이'로 젊은이들의 삶은 부서져버렸다. 시대의 속임수를 알아차린 순간 여자아이는 화가 나서 폐허의 거리를 쏘다니지만 결국 자신이 무언가 제대로 판단할 수도 없는 어리바리한 상태임을 깨닫고는 몹시 쓸쓸해진다. 이 어리숙한 느낌에서 벗어나려면 어떻게 살아야 하지? 여자아이는 오래 살아서 아름다운 그림을 그렸던 노년의 프랑스 출신 화가 조르주 루오처럼 되겠다고 결심한다.

"고통이나 비참함 앞에서 달아나지 마라. 덧없는 이익들, 특권들, 일시적인 명예들 때문에 네 자신 안에서 네가 그리도 잘 느끼고 있는 것의 가장 작은 조각까지도 양보하지 마라." 이렇게 말했던 루오는 노년에 발표한 판화집 『미제레레』로 많은 이에게 감동을 주었다. '미제레레miserere'는 '주여 불쌍히 여기소서miserere mei Deus'라는 라틴어 성경 구절에서 온 제목이다. 그는 총 58점의 도판을 만들어 번호를 붙였는데 33번까지는 십자가에 매달린 예수의 이야기를, 58번까지는 전쟁의 참상에 고통받는 인간의 모습을 그렸다. 화가는 자신이 쓴 자작시나 전해 내려오는 경구들에서 각 작품의 제목을 가져왔다. '의인은 향나무 같아, 자기를 내려치는 도끼에 향기를 묻힌다'(도판 49번)나 '때로는 맹인이 눈이 보이지 않는 자를 위로했다'(도판 55번)와 같은 제목이 루오의 작품을 본 여자아이의 마음에 깊이 새겨졌을 것이다.

　　맹인이 다른 맹인을 어디론가 인도하는 광경은 어떻게 보면 어리석음의 극치이다. 그러나 어쩌면 맹인이 같은 처지의 맹인을 가장 잘 위로할 수는 있지 않을까. 밝은 눈으로 앞장서서, 모자란 이를 이끈다고 외치는 자들의 감언이설에 속는 대신, 아이는 조용히 멈춰 서서 어리숙하고 모자란 이들이 서로의 이야기에 귀 기울이는 풍경을 그리는 사람이 되겠다고 생각한다. 그래서 이바라기 노리코의 시에는 평범한 이들의 이야기가 자주 나온다. 시인은 술집에서 어느 취객의 사연을 들으며 그의 음성은 탁하지만 그가 하는 이야기는 우아하다고 느낀다. "보상 없는 얼마간의 사랑을 제대로 받을 줄 아는 사람도 있고/ 숱한 사랑을 받으면서도 여전히 불만으로 가득한 녀석도 있고/ 누구에게도 사랑받은 기억 없이 당당히 살아가는 이들도 있다"(「이자카야에서」). 시인은 또 사이좋게 하교하는 두 소녀의 대화를 듣는다. "원래 엄마란 아주 고요한 면이 있어야 한다고 생각해"라고 종알거리는 소녀들의 말에 시인은 "명대사로구나!" 감탄하며 덧붙인다. "엄마만 그런 게 아니다/ 인간이란 누구든 마음 깊은 곳에/ 흔들림 없는 고요한 호수가 있어야만 해"(「호수」).

　시인은 자신이 들을 수 없는 말까지 듣기를 원한다. 그래서 1976년부터 한글을 배우기 시작했다. 당시 일본 지식인들 사이에서 한글을 배운다는 것은 희한한 일이었다. 한국은 군사독재가 판치고 천박한 일본인이 기생 관광을 떠나는 나라이며 조선어를 하는 사람은 범죄자를 취조하는 이들뿐이라고 여겨지던 때였다. 이런 주류의 부정적 시선에도 아랑곳없이 이바라기 노리코는 한국 시인들과 우정을 쌓고 한국 시를 번역해서 『한국현대시선韓國現代詩選』(1990)을 출간했다. 시인은 이 책으로 요미우리문학상을 수상하기도 했지만 상보다 더 빛나는 건 「이웃나라 언어의 숲」에 담긴 시구이다.

　　일찍이 일본어가 밀어내려 했던 이웃나라 말
　　한글
　　어떤 억압에도 사라지지 않았던 한글

ゆるして下さい 용서하십시오
유 루 시 테 구 다 사 이

땀 뻘뻘 흘리며 이번에는 제가 배울 차례입니다

시선집에는 실려 있지 않지만 이바라기 노리코는 역사에 대한 반성 없이 우경화되어가는 일본 사회를 비판하는 시를 쓰기도 했다. 「공을 차는 사람」이란 시는 프랑스 월드컵 때 일본의 한 축구 영웅이 "기미가요는 촌스러워서 부르지 않는다. 시합 전에 부르면 전의가 꺾인다"고 했던 것을 언급하면서 시작한다. 일본 국가인 기미가요는 '천황'의 치세가 영원하기를 기원하고 있어 군국주의의 상징으로 여겨진다. 일본 교사들 중 일부는 정부가 지시한 기미가요 기립제창을 거부하다가 정직되거나 재임용에서 탈락했다. 시인역시 일본을 사랑한다면 "침략의 피로 더러워지고/ 칙칙한검은 과거를 남몰래 감춘 채/ 입을 닦고 기립하여" 기미가요를 부르는 대신에 시골마다 "아지랑이처럼" 피어오르는 민요를 부르자고 말한다.(「시골의 노래」)◆

그동안 기미가요는 침략의 최대 피해국인 한국에서는 공식 석상에서 연주되지 않다가, 2023년 나루히토 일왕생일 기념식 때 처음으로 서울에서 울려 퍼졌다. 주한 일본대사관이 한국 정부의 판단을 반영했다는 보도가 뒤따랐다.

◆ 「공을 차는 사람」 「시골의 노래」는 다음 논문에서 재인용했다. 양동국, 「서정과 반골, 탈경계의 시인 이바라기 노리코」, 『일본 연구』 제35권(2013), 중앙대학교 일본연구소, 172~174쪽.

반공을 빌미로 군사비 지출에 혈안이 된 양국 정부의 행태에 많은 시민이 절망을 느끼고 있다. 한 일본 기자는 민주적 절차를 무시한 오염수 방류 결정은 일본이 전쟁 가능 국가로 전환하는 발판이 될 것이라고 경고했다. 두 나라 사람들이 평화와 환경을 지키기 위해 함께하길 바라는 듯, 시인은 오래전의 시 「6월」에서 썼다. "어딘가 사람과 사람을 잇는 아름다운 힘은 없을까/ 동시대를 함께 산다는/ 친근함 즐거움 그리고 분노가/ 예리한 힘이 되어 모습을 드러낼".

하나도 잊지 않고 모든 것을 호명하는
다정함이 빚은 시

백석

『백석 시, 백 편』

이숭원 엮음, 태학사, 2023

미국 소설가 윌리엄 개스에 따르면 목록list은 유서 깊고 창조적인 문학 양식이다. 그는 『파랑에 관하여On Being Blue』에서 파랑의 목록을 책 한 권 분량으로 써 내려갔다. 파란 연필blue pencil, 파란 코blue nose, 파란 영화blue cinema, 파란 법blue law, 추위와 피멍과 멀미와 공포의 영향하에 있는 피부의 납색과도 같은 색조, 파란 파탄blue ruin이라고 불리는 싸구려 럼이나 진, 그 술들로 인해 나타나는 파란 악마들blue devils…… 끝도 없이 파랑의 사물들이 이어진다. 파란 연필은 교정용 필기구, 파란 코는 점잖은 체하는 사람, 파란 법은 엄격한 법률을 뜻한다. 파란 파탄은 철저한 파멸을 말한다고 하니 이런 이름의 럼주나 진을 마시면 생이 완전히 파탄 날 것만 같다. 그러나 이 술들을 멀리하면 금단증세로 파란 악마라고 불리는 알코올성 우울증이 찾아온다고 한다.

시인들은 목록의 단순한 양식이 주는 기쁨을 잘 알고 있다. 베르톨트 브레히트의 「즐거움」◆을 보라.

아침에 처음으로 창밖 내다보기

◆ 베르톨트 브레히트, 『나, 살아남았지』, 이옥용 옮김, 에프, 2018, 90쪽.

다시 찾아낸 오래된 책

감격에 겨운 얼굴들

눈, 계절의 바뀜

신문

개

변증법

샤워, 헤엄치기

옛 음악

편안한 신발

이해하기

새로운 음악

글쓰기, 어린 식물 심기

여행하기

노래하기

친절하기

아! 즐겁다. 그저 나열한 걸 읽었을 뿐인데 이 시인과 친해진 느낌이 든다. 옛 음악 듣기를 즐거워하고 새로운 음악에서도 즐거움을 느낄 줄 아는 그에게 호감이 간다. 하지만 신문은 왜? 나라면 신문은 슬픔이나 분노의 목록에 넣었을 텐데…….

세상에는 기쁨을 주는 복잡한 양식도 있다. 그러나 지쳐 있을 때는 단순한 반복이 안정을 준다. 이런 안정감은 우리가 세상에 나오기 전에 경험한 엄마의 심장 소리에서 연유한다는 견해가 있다. 목록을 쓰면서 행복해하는 사람들은 이 원초적 리듬을 즐기는 것인지도 모르겠다. 목록 작성에 능통한 작가들은 많지만 그중에서도 으뜸은 백석1912~1996이다. 그처럼 목록을, 문학 용어로 말하자면 열거법을 잘 활용한 시인도 없다.

새끼오리도 헌신짝도 소똥도 갖신창도 개니빠디도 너울쭉도 짚검불도 가랑잎도 머리카락도 헝겊조각도 막대꼬치도 기왓장도 닭의 깃도 개터럭도 타는 모닥불

재당도 초시도 문장門長 늙은이도 더부살이 아이도 새사위도 갓사돈도 나그네도 주인도 할아버지도 손자도 붓장수도 땜장이도 큰 개도 강아지도 모두 모닥불을 쪼인다

모닥불은 어려서 우리 할아버지가 어미 아비 없는 서러운 아이로 불쌍하니도 몽동발이가 된 슬픈 역사가 있다
—「모닥불」 전문

첫 연은 모닥불 속에서 타는 것들의 목록이다. 쌀쌀한 밤에 새끼줄, 헌신짝, 소똥, 가죽신 바닥에 댄 창, 개 이빨, 널빤지, 지푸라기, 닭 깃털, 개털이 불꽃을 태운다. 둘째 연은 모닥불 주위로 모여든 이들의 목록이다. 향촌의 높은 어른,

초시에 급제한 양반, 더부살이 아이가 높낮이 없이 둘러앉는다. 새로 내 식구가 된 사위와 아직 어려운 새 사돈, 주인과 객이 구분 없이 오손도손. 그 틈새로 큰 개도 슬그머니 들어오고 강아지가 낑낑거리며 끼어든다. 존재들을 나열하는 것만으로도 시가 된다니 참 신기한 일이다!

그러나 소설가 조르주 페렉은 목록 작성은 실제로 해보면 복잡한 일이라고 말한다. 언제나 빼먹는 항목이 생기고 작성을 곧 포기하고 싶어지거나 대충 끝내고 싶어진다는 것이다. 몇 단어 열거하다 보면 금세 '기타 등등'이라고 써버리게 된다. "하지만 '기타 등등'이라고 쓰지 않는 것이 목록 작성의 핵심이다." 오랜 무명 생활 끝에 상을 타는 배우가 수상 소감을 말하면서 긴 감사의 목록을 읊는 상황을 떠올려 보라. 그는 단 한 사람의 이름도 빠뜨리지 않으려고 애쓴다. 만일 누군가의 이름을 호명하는 것을 잊는다면 그거야말로 오랜 시간 동안 자신을 돕고 지켜온 그 사람을 대수롭지 않게 생각한다는, 극도로 무례한 증거라도 된다는 듯이 말이다. 나열할 목록이 아무리 길어도 소중한 존재들의 이름은 기타 등등으로 생략되지 않는다.

「모닥불」처럼 단순한 시가 사랑받는 이유가 여기에 있다. 하나도 잊지 않고 모든 것을 호명하는 사랑의 단순함. 그 성실한 단순함. 이 시가 새끼줄과 헌신짝 기타 등등을 태우고 재당과 어른과 초시 양반 기타 등등이 둘러앉은 모닥불에 대한 노래가 아니라는 것. 하찮게 취급되는 것들까지 전부 호명하는 다정함 덕분에 세 번째 연이 나올 수 있게 된다. 우리 할아버지는 부모를 잃은 데다 추위로 동상에 걸려 발가락이 다 없어진 몽동발이의 고아였는데도 살아남았다. 갈 데 없는 고아를 위해 불 옆에 잠시 한기를 녹일 자리를 마련해주지 않았다면 아이는 어떻게 되었을까? 살아남지 못했다면 슬프건 그렇지 않건 간에 역사로 전해질 이야기조차 없을 테니 모닥불 덕분에 슬픈 역사도 있는 것이다.

백석 연구자들에 따르면 시의 배경이 되는 20세기 초의 농촌에서는 모닥불을 피우는 일이 흔하지 않았다고 한다. 혼례나 장례를 치를 때나 전쟁으로 피난을 떠나는 길 위에서 온기가 필요할 때 모닥불을 지폈다. '새사위'나 '갓사돈'과 같은 단어들은 이 모닥불이 혼례가 있는 앞마당에서 타오르고 있음을 알려준다. 서러운 어린 날을 거쳐왔지만 이제 일가를 이루고 자손의 결혼식을 치르는 할아버지의 훈훈한 인생 이야기인 것이다. 하지만 이 숨은 서사를 알아채지 못한다 해도 시의 아름다움을 느끼는 데 큰 문제가 없다. 시인은 조부의 자수성가를 부각시킬 의향이 없기 때문이다. 어떤 사물이 존재한다는 사실만으로 안도하는 마음의 층위에서는 흥하든 망하든 중요한 게 아니다. '붓장수'도 '땜장이'도 '우리 할아버지'도 사나운 세월을 무사히 버틴 후에 여기에 존재하는 슬픈 역사를 가진 이들일 뿐이다. 항상 세상을 그리 보아서 그런 것일까? 백석은 영어와 일어와 러시아어에 능했고 수입된 새 문학사조들도 잘 알던 모던 보이였지만 시적 야심은 크지 않았던 것으로 보인다. "**걸작**을 쓰겠다고 애쓰지 않아도 된다. 취한 사람이나 죽어가는 사람의 귀에 속삭여줄 수 있는 말이면 된다"라고 에밀 시오랑은 말했다. 백석도 그렇게 생각한 것 같다.

어떤 시인들은 시 속에 죽어가는 이의 가쁜 숨소리를 담아낸다. 읽은 이의 가슴을 찢는, 고귀한 시들이다. 그러나 백석의 시에선 독자를 깜짝 놀라게 할 만큼 큰 비명이나 고통스러운 신음은 들리지 않는다. 다만 그는 죽어가는 사람, 피로와 고통과 절망에 취해 널브러져 있는 사람 곁에서 속삭이며 중얼거리듯 쓴다. 그 중얼거림에 삶의 깊은 성찰이나 낙원의 약속이 담겨 있는 것도 아니다. 그냥 어린 시절에 마을의 무당 할머니 집에서 맛보았던 나물 이름 따위. 그는 아래쪽 젖은 땅에서 캐어낸 "제비꼬리 마타리 쇠조지 가지취 고비 고사리 두릅순 회순 산나물"로 만든 무침들과 "달디단 물구지우림 둥글레우림"에 "아직 멀은 도토리묵 도토리범벅까지도" 그리워하며 적어간다.(「가즈랑집」) 또는 함께 국수 삶아 먹던 풍경 속에 담긴 사물들의 이름을 부른다. 이 별것 아닌 것들을 세다 보면 어느덧 누군가의 절망적인 시간이 지나가고 공포도 불안도 덜어진다.

나는 한 권으로 된 '한국문학 대표 시 선집'을 열심히 외우며 십대를 보냈다. 그런데 먹는 것을 몹시 좋아했던 내가 음식 이름으로 가득한 백석의 시를 읽은 기억이 없다. 당연하다. 1980년대 중반에 나온 책들에는 그의 시가 실려 있지 않았으니까. 북쪽이 고향인 백석은 해방을 맞아 월북했다. 정확히 말하면 고향집으로 돌아갔다. 어학 천재였던 그는 독립운동가 조만식 선생의 부탁으로 김일성 환영 행사에서 러시아어 통역을 맡은 적이 있고 터키의 사회주의자 나즘 히크메트의 시집을 번역하기도 했다. 이 월북 이력 때문에 백석 시집은 출판 금지되었다가 1988년에야 해금되었다. 실체 없는 이념 공세로 이런 금서 목록이 또 생겨나는 일이 더 이상 있어서는 안 된다.

삶의 가시는 시로 새 이야기가 된다……
버스 운전사 패터슨처럼

윌리엄 칼로스 윌리엄스
『패터슨』
정은귀 옮김, 민음사, 2021

윌리엄 칼로스 윌리엄스1883~1963는 짐 자무시의 영화 〈패터슨〉을 통해 우리에게 친근해진 미국 시인이다. 소도시 패터슨에 살며 시를 쓰는 버스 운전사 패터슨의 일상을 보여주는 이 담담한 영화를 많은 이가 좋아하는 이유는 뭘까? 그건 "시가 있는 공간에 들어가려면 어디서 허락이라도 받아야 할 것 같은 기분"이 드는 우리를 향해 "모두에겐 시를 할 권리가 있다!"고 말해주기 때문이다.◆ 등단을 하거나 문학상 수상 경력이 없어도 우리가 충분히 문학을 사랑하고 시를 쓸 수 있다는 것. 자무시는 윌리엄스의 영향을 받은 문학관을 영화 속에 다양한 방식으로 풀어놓는다.

가령 패터슨이 한밤중에 코인 세탁소에서 만난 래퍼가 부르는 랩의 가사 "관념이 아닌 사물로No ideas but in things"는 윌리엄스의 가장 유명한 시구이다. 또한 폭포 앞 공원 벤치에서 패터슨이 일본인 관광객과 대화를 나누는 장면은 윌리엄스 시집의 한 구절을 옮겨놓은 것만 같다. "그에게 물어보았죠, 직업이 뭐죠?// 그는 참을성 있게 웃었어요, 전형적

◆ 니코 케이스 외, 프레드 사사키·돈 셰어 엮음, 『누가 시를 읽는가』, 신해경 옮김, 봄날의책, 2019, 64~65쪽 참조.

인 미국식 질문. 유럽에선 이렇게 묻겠죠, 무슨 일 하고 계세요? (…)// 내 직업이 뭐냐고요? 나는 귀를 기울여요, 떨어지는 물에."(「일요일 공원에서」)

윌리엄스는 영화 속의 패터슨처럼 전업 시인이 아니었다. 의대 졸업 후 고향으로 돌아와 40년 동안 소아과와 산부인과 의사로 일하면서 가난한 임산부들의 집에 왕진을 다녔고 3천 명이 넘는 아기들의 출산을 도왔다. 그는 시로 표현해야 할 특별한 경험이나 위대한 관념이 따로 있지 않고 자신이 만나는 모든 사물이 시의 훌륭한 재료가 될 수 있다고 생각했다. 아내가 먹으려고 남겨둔 자두를 먹어 치운 미안함, 섬망으로 아들을 알아보지 못하고 죽어가는 엄마를 바라보며 느끼는 의사로서의 자괴감, 골목에서 소년들과 함께 공을 차는 짧은 머리 소녀……. 그가 접촉하는 모든 것이 시가 되었다.

그는 처방전 용지에 생각난 시구들을 급히 적을 때가 많았다. 따로 시를 쓸 시간을 내는 것이 어렵기도 했지만, 환자들과의 만남에서 얻은 강렬한 통찰을 바로 기록해두기 위해서였다. 그는 지도하는 학생에게 이렇게 고백했다. "회진 돌면서 혹은 가정방문 진찰을 하면서 정말 많이 배워. (…) 거긴 더 깊은 무언가가 분명 흐르고 있어. 모든 만남이 주는 힘 같은 것 말이지."◆

◆　　정은귀, 「작품에 대하여: 사소하고 따뜻하고 분명한 '접촉'」에서 재인용.

윌리엄스의 고향 러더퍼드 근처의 패터슨시市는 이민자가 많고 미국에서도 노동쟁의가 극심한 공업도시였다. 그곳에서 시인이 만난 현실은 낭만적이고 아름답지만은 않았을 것이다. 폐수로 오염된 퍼세익강, 검진하러 간 학교에서 만난 아이들의 이로 들끓는 머리, 불난 곳을 향해 달려가는 소방차. 이런 현실들이 그대로 시가 되었다. 그는 살고 사랑하는 일은 아름답고 가혹한 것이라고 생각했다. "들장미들의 특징이/ 살을 찢는 것이듯,/ (…)/ 사랑의 계절들이 말한다./ 살면서/ 들장미들을/ 그냥 놔두는 건 불가능하지."(「담쟁이 덩굴 왕관」) 우리가 사랑하는 것들이 우리의 살을 찢고 피 흘리게 만들지만 삶을 사랑하는 이는 가시를 두려워하지 않는다. 그는 자기 인생에 박힌 가장 고통스러운 가시를 용감하게 만지며 자신만의 새 이야기를 써나간다.

미국의 심리치료사 메리 파이퍼는 난민들과 상담하는 중에 그들에게 용기 있게 행동한 기억이 있는지 물었다. 모두 전쟁으로 가족과 집을 잃고 미국으로 온 피해자들이었지만, 그들의 이야기에 약간의 변화를 주면 정체성에 큰 영향을 미칠 수 있기 때문이었다. 보스니아에서 온 한 젊은 여성은 군인들이 몰려왔을 때 자신이 여동생을 문 뒤로 밀어넣어 동생이 강간당하지 않게 보호했다고 말했다. 이 기억을 떠올리며 그녀는 자신이 더럽혀졌다고 느끼는 대신 고결하다고 느끼게 된 것 같았다고 파이퍼는 전한다.◆ 새롭게 기억하는 일을 통해 이 여성은 자기 삶의 폐허 같던 장면에서 살아갈 용기와 싸울 힘을 얻은 것이다. 기억은 "일종의 갱신/ 심지어/ 어떤 시작, 기억이 여는 공간은 새로운/ 장소여서"(「일요일 공원에서」). 시 쓰기를 통해 삶은 늘 새롭게 기억되어야 한다. 시인이란 그렇게 믿는 존재이다.

◆ 메리 파이퍼, 『나는 심리치료사입니다』, 안진희 옮김, 위고, 2019 참조.

너를 밀어내고 나를 드러내야 이기는 세계……
시인은 '사라짐'으로 답했다

라이너 쿤체
『은엉겅퀴』
전영애·박세인 옮김, 봄날의책, 2022

뒤로 물러서 있기
땅에 몸을 대고

남에게
그림자 드리우지 않기

남들의 그림자 속에서
빛나기

—「은銀엉겅퀴」 전문

동독 출신 시인 라이너 쿤체1933~의 시는 늘 간결하고
아름답다. 은엉겅퀴는 "민들레처럼 낮은 키에 딱 한 송이 흰
색 꽃"이 핀다(「은엉겅퀴」 옮긴이 주). 소박하고 평범한 들꽃이
고, 경제적 가치에 따라 식물의 위계를 나누는 관점에서 보
자면 '잡초'이다. 그런데 시인이 보기에는 조심성과 사라짐
의 미학을 알고 있는 꽃이다. 시는 일종의 반反현대적 아름다
움을 지닌 식물 예찬으로 여겨지고, 시인은 이 시를 통해 좀
처럼 자신을 드러내지 않고 세상 잡사에서 한발 물러선 겸
손한 수도자의 태도를 말하려는 것 같다.

철학적 관점에서 보면 이런 태도는 우주 창조의 순간에서도 발견될 수 있다. 프랑스 철학자 피에르 자위는 『드러내지 않기』에서 우주 창조를 설명하는 모델에는 두 가지가 있다고 말한다. 하나는 그리스 사상에서 기원하는 '유출' 모델로, 이 세계가 신 또는 무한자의 선한 자기표현으로부터 만들어졌다고 보는 입장에서 나왔다. 전능한 존재가 자기 밖으로 흘러넘치면서 자기를 드러내는 활동에서 모든 게 생겨났다는 것이다. 또 하나는 유대교의 카발라 사상에서 나온 '침춤tsimtsoum' 또는 '수축' 모델이다. 무한자가 세계를 창조하면서 유한자가 거처할 공간을 마련해주기 위해 만물에게 가운데 자리를 내주고 자신은 가장자리로 물러났다는 것이다. 어느 쪽이 더 설득력 있는지를 따지는 것은 신학자와 철학자의 일이다. 그러나 평범한 이들에게는 종교적 태도란 두 가지 모두를 뜻한다. 신성해진다는 것은 다른 존재를 위해 사랑을 흘러넘치게 표현하는 일인 동시에 타자를 위해 물러서며 자신을 한껏 움츠리는 일이다.

현대인들은 두 번째 태도를 갖기가 더욱 어렵다. 피에르 자위의 말처럼 "모든 세계가 눈에 띄는 것이 곧 존재하는 것이라고 끊임없이 상기시키는데 어떻게 이 와중에 있는 듯 없는 듯 처신할 수 있단 말인가?" 자기선전은 확실히 현대적 현상이다. 어느 세기의 사람들도 우리처럼 개인 생활의 모든 면면을 다른 이들에게 알리느라 분주했던 적은 없었다.

그러나 현대인은 드러내기를 즐기는 만큼이나 드러

남에 대한 두려움이 있다. 많은 사람이 원치 않는 드러남으로 인해 타인의 눈요기나 악의의 표적이 되고 있으니 말이다. 세상에 존재하는 한 그 눈길들을 피할 수 없다는 절망에 빠져 어떤 이들은 죽음 속으로 숨기를 택한다. 물론 모든 것이 투명하게 드러나는 세상을 유토피아로 생각한 예술가도 있긴 하다. 앙드레 브르통은 모든 사람이 자신을 볼 수 있는 "유리집"에서 살고 싶어 했다. 아마도 이 시인은 전 인류와 사랑에 빠진 상태였던 것 같다. 나의 전부를 비밀 없이 상대와 나누고 싶고, 또 상대의 전부를 알고 싶다는 욕망은 사랑을 막 시작한 연인들에게 종종 발견되는 것이다. 하지만 이것이 끝없이 지속될 경우에 관계는 파국으로 치닫게 된다. 밀란 쿤데라는 이 투명성이 오래된 유토피아(신이 내 모든 슬픔과 고통을 하나도 빠짐없이 알고 계시는 곳)의 특징이면서 현대적 삶의 가장 무시무시한 양상이라고 말한다. 투명성의 법칙에 따르면 국가적인 일들은 점점 불투명해지는 반면 사적 개인들은 자신의 건강 상태, 재정 상태, 가족 상황을 남들에게 제공하는 일들이 기하급수적으로 늘어나고, "매스미디어가 그렇게 하기로 결정 내리기만 하면 그는 심지어 사랑, 질병, 죽음에서조차도 은밀한 순간이라곤 단 한 순간도 찾을 수 없게 된다."◆

인간은 항상 타인과 자기 자신을 위해서 수축과 후퇴

◆ 밀란 쿤데라, 『소설의 기술』, 권오룡 옮김, 민음사, 2013, 209쪽.

를 시도할 수 있는 공간을 가지고 있어야 한다. 그런 점에서 물러섬과 드러내지 않음은 타자를 배려하는 미덕인 한편, 드러내기 문화에 반하는, 가장 현대적인 저항의 태도가 된다. 시인은 「한 잔 재스민 차에의 초대」에서 나지막이 말한다.

> 들어오세요, 벗어놓으세요,
> 당신의 슬픔을. 여기서는
> 침묵하셔도 좋습니다

차 한잔 마시면서 고요하게 있어도 된다는 이 부드러운 시구는 마치 산사의 선방에 초대받은 느낌을 준다. 그러나 시집의 번역가 전영애 교수에 따르면, 구동독 시절 사람들은 체제에 동의하지 않는다는 저항의 표시로 이 시를 집의 문 앞에 걸어놓았다고 한다. 모두가 똑같은 목소리로 위대한 사회주의자임을 증명해야만 살아갈 수 있는 곳에서 침묵은 소극적인 행위가 아니라 결단의 행위가 된다. 쿤체는 대학에서 철학과 언론학을 공부하고 강의를 시작했지만 '애정시'를 쓴다는 이유로 대학에서 쫓겨났다. 계급투쟁 의식이 없는 사람은 교육자로서 자격이 없다고 여겨진 것이다. 물론 당국에 반성하고 개심하는 태도를 보였다면 대학에 남을 수 있었겠지만, 그는 타협하는 대신 그곳에서 물러났다. 그 후 자물쇠공으로 생계를 유지하며 계속 시를 쓰다 1977년 서독으로 망명했다. 훗날, 동독 정보부가 쿤체에 대한 정보를 모아놓은 3500쪽 분량의 감시 파일이 공개되었는데, 파일명이 '서정시'로 되어 있었다고 한다. 서정시를 쓴다는 것이 추방의 이유가 되었다니!

　　사회가 요구하는 방식으로 자신을 드러내는 일을 멈추는 것 역시 물러서기, 드러내지 않기의 미학이다. 그것은 튀면 욕먹는다는 비겁한 처세주의와 다르다. 또 사는 동안 영원히 자신을 드러내지 않아야 한다는 뜻도 아니다. 인간은 드러내기와 드러내지 않기의 자유로운 운동 속에서 살아갈 때에만 아름다울 수 있다. 고대 그리스인들은 억압 속에서도 용기 내어 진실을 말하는 것을 '파레시아parrhesia'라고 불렀는데, 획일적인 무대에서 퇴장하는 것, 강요된 발언을 거부하고 침묵하는 것 또한 파레시아만큼이나 용감한 행위이다.

　　쿤체는 서독으로 망명한 뒤에도 체제 옹호적인 작품을 쓰지 않았다. 그는 사회주의의 획일성에 거부감을 가졌던 것만큼이나 자본주의의 획일성에도 민감하게 반응한다. "하늘이 땅을 끌어당긴다/ 돈이 돈을 끌어당기듯// (…)// 인간은/ 인간에게/ 밀쳐내는 팔꿈치"(「뒤셀도르프 즉흥시」). 뒤셀도르프는 산업이 흥성한 서독의 대표적인 부자 도시이다. 그곳에서 시인은 이른바 '팔꿈치 사회'를 목격한다. 그것은 자기가 앞서기 위해 타인을 팔꿈치로 밀쳐내야만 하는 경쟁사회를 말한다. 이런 사회에서 드러내기란 얼마나 비싼 것을 먹고 입는지, 얼마나 비싼 데 사는지를 과시하는 일, 소유와 소비의 경쟁적 과시와 동의어가 된다.

피에르 자위는 "만인의 만인에 대한 투쟁이나 인정을 받기 위한 끝없는 싸움에 휘말리지 않고" 다른 존재들을 사랑하고 연대감을 느끼는 유일한 방법은 "존재들에게 자리를 내주는 드러내지 않는 처신뿐"이라고 말한다. 우리가 다른 존재에게 공간과 시간의 일부를 내어주며 그를 돌볼 때 그 역시 우리를 돌본다. 시인은 한 지인이 키우는 반려견에게서 이런 진실을 새삼 발견한다. 인간이 작은 개에게 자기 곁을 내어주면서 요청한다. "작은 개는 위험을 무릅쓰고/ 몸을 던지거라, 허공에서/ 빙그르 돌며/ 제 주인이/ 곁으로 뛰어와 주기를 기다리며// 보여주거라/ 작은 개는 공감을/ 그리고 한 인간을/ 사랑하거라". 시인은 이 사랑을 받기 위해서 "주인이 치르는 대가"는 "그 작은 개의 개가 되는 것"이라고 노래한다. 그러니까 우리는 작은 개가 그 곁을 내주며 돌봐주는 반려동물일 뿐이다. 이 동물이 작은 개에게 간절히 희망하는 것은 한 가지다. "뛰어올라주었으면, 친구, 작은 개여/ 외로움의/ 목젖까지"(「작은 개」).

작은 개가 한 외로운 인간에게 보여주는 우정을 우리가 동료 인간에게 보이는 일이 어찌 그리 힘든지. 이스라엘은 가장 유대적인 유산인 카발라의 침춤 사상을 망각했다. 무한자도 한갓 유한자인 인간을 위해 자신을 기꺼이 수축시키는데 한 인간 종족이 다른 인간 종족에게 곁을 내주고 서 있는 자리에서 조금 뒤로 물러서는 것이 그렇게까지 힘든 일일까? 드러내기 문명의 그림자 속에서 가장 빛나는 건 아무래도 인간의 야만인 것 같다.

공정은 정말 공정한가……
막연함에 저항한 '디디온식 글쓰기'

조앤 디디온
『베들레헴을 향해 웅크리다』
김선형 옮김, 돌베개, 2021

스무 살의 한 여자가 조금 촌스러워 보이는 원피스를 입고서 패션잡지 〈보그〉의 에디터가 되기 위해 뉴욕에 처음 왔을 때, 아무도 그녀가 후일 미국에서 가장 영향력 있는 에세이스트이자 저널리스트가 될 거라고는 예상하지 못했다. 조앤 디디온1934~2021, 그녀가 1968년 히피문화를 취재하고 쓴 「베들레헴을 향해 웅크리다」는 뉴저널리즘의 고전으로 평가받는다. 뉴저널리즘은 기사와 소설 작법의 테크닉을 결합했던 실험적 시도로서, 흔히 객관적인 장르라고 여겨지는 기사에 기자 개인의 감정과 관점을 담으려 했다.

　　　디디온은 기사에 글쓴이의 주관성이 드러나야 한다고 믿었다. 그녀는 에세이 「앨리시아와 대안 언론」에서 이렇게 말했다. "나도 객관성을 매우 중요시한다. 하지만 글쓴이가 가진 편향성을 독자가 이해하지 못한다면, 어떻게 객관성을 확보할 수 있을지 나는 도저히 모르겠다. 모든 편향에서 자유로운 척하며 쓴 글에는 대안 매체에 아직 전염되지 않은 가식과 허위가 가득할 수밖에 없"◆다.

　　　그녀는 감상주의를 혐오했고 낭만적인 신화에도 알

◆　　조앤 디디온, 『내 말의 의미는』, 김희정 옮김, 책읽는수요일, 2024, 42쪽.

레르기가 있었다. 그녀가 보기엔 둘 다 아름답지만 거짓에 불과한 것들이었다. 히피문화에 대한 환상을 간직한 독자들은 그녀의 글을 읽고 나면 불편함을 느낄 것이다. 음악과 자유와 평화가 있다고 추앙받아온 히피문화. 그 문화의 중심지인 샌프란시스코의 헤이트 스트리트는 어쩔 줄 몰라 하는 젊은이들로 가득했다고 그녀가 쓰고 있기 때문이다. 조앤이 그 거리에서 만난 청년 맥스는 자기 삶이 기성세대의 '하지 말라'와 싸워 거둔 승리라고 생각하지만, 그가 이 "'하지 말라'는 것 중에서 스물한 살이 되기 전에 해본 건 페이오티(멕시코산 선인장에서 추출한 마약), 술, 메스칼린, 메테드린" 등의 향정신성 약물뿐이었다. 그들은 음악을 하려고, 글을 쓰려고, 혹은 친구를 사귀거나 불안을 달래려고 약을 했다. 그리고 그들이 낳은 어린아이도 부모가 혼자 잘 놀라며 먹인 LSD에 취해 있었다.

히피는 타락한 마약쟁이 집단에 불과하다고 폭로하려는 게 아니었다. 그곳에서 그들은 약에 절어 몽롱한 상태로도 서로를 돌보고 채식주의와 명상을 고집하고 체포, 집단 강간, 성병, 임신, 폭행, 굶주림을 피하는 법을 알리는 강좌를 들으러 다녔다. 조앤은 거기서 "안쓰러우리만큼 아무 대책도 없는 한 줌의 아이들이 사회적 진공 상태에서 공동체를 창조하려 애쓰는 모습"을 발견한다. 그리고 그들에게 필요한 것은 자신들이 원하는 바를 구체적으로 사유하고 표현할 수 있는 단어라고 확신한다.

그런 단어들을 가지지 못할 때 청년들은 사회의 모순과 부조리에 소박하고 반지성주의적인 저항을 일삼게 된다. 베트남전쟁과 소비의 상징인 비닐 랩에 반대해 마약을 하는 것이다. 그들은 많은 단어가 필요한 생각은 잘난 척에 불과하다고 믿고 있었다. 그녀는 그 점을 무척 염려했다. "이 아이들이 유창하게 구사하는 유일한 어휘는 이 사회의 진부한 표현들이다. 사실 나는 독자적으로 사유하는 능력은 언어의 통달에 달려 있다는 생각을 아직도 몸 바쳐 믿고 있기에, 어머니와 아버지가 함께 살지 않는다는 말을 할 때 '결손가정' 출신이라는 표현에 만족하는 아이들의 미래를 낙관하지 않는다." 그들이 '결손가정'이라는 단어로 자기 상황을 설명하는 순간, 엄마-아빠-나로 이루어지지 않은 가족은 결핍이자 비정상이라는 기성의 관점에 자신들도 모르게 동의하는 셈이 되기 때문이다.

조앤은 막연한 관념을 통해 생겨나는 자기기만에 대항해 글을 썼다. 1960년대 미국 중산층의 허위의식, 자본주의에서 인문학이 생존하는 한심한 방식, 독창성에 대한 할리우드 영화 생산자들의 착각, 엘살바도르 내전에 대한 미국의 비윤리적 개입, 심지어 도덕성이라는 말을 자기 당파의 유리한 일에만 써먹는 사회 풍토에 대해서. 이 예리한 글들을 읽다 보면, 공정, 불공정, 진보, 보수와 같이 우리 사회를 떠도는 말에 대해 우리가 너무 막연한 수준의 지지와 반대만을 재생산하고 있는 건 아닌지 돌아보게 된다. 단순한 결론을 향해 가는 언어 말고 제대로 듣고 충분히 관찰한 뒤에 생겨나는 정확하고 구체적인 언어의 발신자와 수신자가 되자는 간곡한 요청을 그녀에게서 듣게 된다.

낭만 없이 현실을 적나라하게 보여주는 글은 독자를 괴롭히는 법이다. 조앤은 사랑받은 만큼 공격도 많이 받았다. 그러나 작가는 독자를 불편하게 만들 의무가 있다고 믿었기에 비난과 공격을 피하지 않았다. 그녀는 과거에 '한 성격 한다'고 말해진 어떤 자질, 절제력 있는 터프함과 윤리적 배짱을 가진 사람이 되기로 이십대부터 결심했었다. 그녀가 에세이 「자존감에 관하여」에서 쓴 표현에 따르면 터프한 사람들이 가진 이 '성격'은 "자기 삶에 대단한 책임을 기꺼이 받아들이는 태도"이자 "자존감이 샘솟는 원천"이다.

카뮈가 말한다
'비극은 자각해야 할 운명'

알베르 카뮈
『시지프 신화』
김화영 옮김, 민음사, 2016

1940년 11월, 스물일곱 살의 한 프랑스 청년이 리옹의 허름한 숙소에서 글쓰기에 몰두하고 있다. 17년 뒤 그는 44세의 나이로 노벨문학상을 수상하는 작가가 되고, 또 몇 년 뒤엔 47세의 이른 나이에 불의의 교통사고로 세상을 떠나게 될 운명이다. 청년은 결혼도 하고 싶고, 자살도 하고 싶고, 잡지 구독 신청도 하고 싶다는 모순적 감정에 시달리며 늘 절망에 몸부림친다. 하지만 오늘은 몹시 기쁘다. 오랫동안 구상해온 에세이의 초고를 막 완성했기 때문이다. 책에는 멋진 띠지를 둘러달라고 출판사에 요청해야지. '시지프 혹은 지옥에서의 행복'이라고 새겨서. 이렇게 중얼거리고 있는 이는 바로 『시지프 신화』와 『이방인』을 통해 실존주의 작가로 널리 알려진 알베르 카뮈1913~1960다.

『시지프 신화』는 삶의 부조리에 대해 분석한 철학 에세이이다. 그리스신화에서 시지프는 신들의 미움을 받아 산꼭대기까지 바위를 굴려 올리는 형벌에 처해졌다. 바위가 제 무게로 계속 굴러떨어지기에 그는 영원히 바위를 밀어 올려야 했다. "무용하고 희망 없는 노동보다 끔찍한 형벌은 없다"고 생각한 신들이 그에게 이런 벌을 내린 것이다. 어차피 떨어질 것을 다시 굴려 올려야 하는 시지프의 신화는 결국 죽을 운명인데도 힘을 내서 살아가야 하는 우리의 삶 자체가 부조리한 것임을 보여준다. 그러나 부조리하다고 해서 다 비극적인 것은 아니다. 시지프는 아무 생각 없이 반복되는 일을 해나갈 수도 있다. 자기 상황을 제대로 자각하지 않으면 비극이랄 게 없다. 비극은 오로지 그의 의식이 깨어 있을 때 시작된다. 다시 저 아래의 바위를 향해 정상에서 내려오는 동안 시지프는 자신의 비참함과 무력함을 깨닫고 반항적인 태도로 그 고통을 응시함으로써 비극적인 존재가 된다. 그런데 카뮈에 따르면, 비극은 피해야 할 게 아니라 자각하고 응수해야 할 운명이다. "멸시로 응수하여 극복되지 않는 운명이란 존재하지 않는다." 그리하여 "무겁지만 한결같은 걸음걸이로, 아무리 해도 끝장을 볼 수 없을 고뇌를 향해 다시 걸어 내려오는 (…) 그 순간순간 시지프는 자신의 운명보다 우월하다. 그는 그의 바위보다 강하다."

카뮈는 무언가 시도할 때 '성공할 거라는 희망'의 환상을 제거하라고 말한다. 바위가 다시 굴러떨어질 것이 확실한 순간에도 돌을 밀어 올려라. 인간의 행위가 사회·역사적 조건에 의해 얼마나 무력해질 수 있는지를 경험한 이들에게 이런 주장은 무모해 보일지도 모른다. 더구나 최악의 상황에 놓여 있는 사회적 약자들에게 실패해도 계속 시도하라는 식의 철학은 얼마나 가혹한가? 그러나 실존주의는 "미래에 대해 기대를 걸 것이 없는" 부조리의 세계(옮긴이의 「작품 해설」) 속에서 희망 없는 자들 옆을 지키려면 미래를 계산하는 영리함 대신 실패를 감수하는 사랑이 필요함을 강조하는 철학이다.

유대인 정치사상가 한나 아렌트는 나치즘의 박해를 피해 파리로 왔을 무렵 파리의 지식인들 사이에서 유행하던 실존주의에 큰 위로를 받았다고 한다. 이 프랑스인 동료들은 나치가 집권하자마자 저항의 승률은 제로라며 유대인 학자들을 외면한 독일인 동료들과는 달랐다. 이들은 반유대주의를 거부했고 레지스탕스에 가담했다. 그녀는 "근대사회에 대한 지식인들의 온순함이 전쟁 중 유럽에서 나타난 가장 슬픈 광경들 중 하나"였으나 프랑스 실존주의가 지식인들의 진정한 반란을 가능케 했다고 보았다.◆

『시지프 신화』는 파리에서 기자 생활을 하던 카뮈가 전쟁통에 피난지에서 쓰고 완성한 책이다. 미리 원고를 본 동료들로부터 찬사를 받았으나, 정작 출판에는 어려움을 겪었다. 나치의 파리 점령으로 종이가 귀한 시절이었기 때문이다. 그가 책을 탈고한 뒤 시지프의 용기를 발휘해 제일 먼저 한 일은 항독 지하운동이었다. 또한 카뮈는, 가난한 노동자들을 위해 싸우다 34세에 결핵과 영양실조로 죽은 여성 철학자 시몬 베유의 미발표 작품을 출판하는 일에 열성적이었다. 그에게는 시몬 베유가 시지프였다.

◆　　사이먼 스위프트, 『스토리텔링 한나 아렌트』, 이부순 옮김, 앨피, 2011, 85쪽 참조.

우리가 무엇을 꿈꾸며 싸우든 그 꿈을 이루는 일은 어렵다. 조금 전진한 기분이었는데 도로 제자리라는 걸 깨닫게 된다. 인간은 실패하려고 태어난 '훼손된 피조물'인지도 모른다. 그러나 카뮈 덕분에, 우리는 어려운 싸움을 계속 이어가는 이들을 어리석다고 말하는 대신 위대한 용기를 가졌다고 말할 수 있게 되었다. 또한 우리가 진정 사랑하는 이들은 승리하는 이들이 아니라 진실과 인간적 품위를 지키기 위해 어쩌면 패배할지도 모를 싸움을 시작하는 이들이라는 것도 알게 되었다.

인간을 운명의 중력에서 뜯어내
영원으로 들어 올리는 것……
시몬 베유의 '사랑'

시몬 베유
『중력과 은총』
윤진 옮김, 문학과지성사, 2021

『일리아스 또는 힘의 시』
이종영 옮김, 리시올, 2021

1909년 파리에 사는 한 유대인 의사의 가정에 여자아이가 태어났다. 아이는 평생 지독한 편두통과 각종 질병에 시달리게 될 병약한 몸을 운명의 달갑지 않은 선물로 받았다. 그렇지만 그 선물 꾸러미엔 뛰어난 지성도 함께 딸려 왔다. 열네 살부터 이미 산스크리트어로 된 책을 읽었고 두 학년이나 월반해서 수재들이 모이는 파리 고등사범학교에 입학했다. 그리고 스물두 살엔 철학 교사이자 노동운동가가 되었으며 1943년 결핵과 영양실조로 죽을 때까지 50편에 달하는 에세이를 썼다. 철학자 시몬 베유1909~1943의 짧았던 서른네 해 생애이다.

　　흑백사진 속에서 베유는 곱슬거리는 짧은 단발에 동그랗고 두꺼운 안경을 썼고 생각이 깊은 눈을 하고 있다. 천재에다 무척 고집 센 책벌레로 보인다. 그러나 시인 T. S. 엘리엇은 베유의 책 영역판 서문에 "그녀의 영혼은 그녀의 천재성과는 비교도 안 될 만큼 숭고하다"라고 적는다. 그러니 베유를 읽을 때는 천재라는 점보다는 성자의 기질을 가진 위대한 영혼과 접촉하고 있다는 사실에 주의를 기울여달라고 당부하면서.

　　이 엄청난 찬사에 베유 자신은 별 관심을 보이지 않

을 것이다. 어디서든 자신이 드러날까 봐 꾸미지 않았고 볼품없는 옷을 입었다. 그 덕분에 똑똑하지만 괴상한 옷차림을 한 여학생으로 유명해지긴 했지만 말이다. 베유의 관심은 겨울에도 난방용 기름을 살 돈이 없어 추위에 떠는 노동자들을 향해 있었다. 그들이 안쓰러워 자기 아파트에도 난방을 하지 않고 굶는 이들을 생각하면서 아주 조금만 먹었다. 이 우주적 차원의 공감 능력을 생각하면 그녀의 책들을 펼치기만 해도 다정함의 온기로 몸이 따뜻해질 것 같다.

그러나 기대와 달리 베유의 글은 냉정하다. 친구 귀스타브 티봉이 베유 사후에 단상을 모아 출간한 『중력과 은총』을 평온하게 읽기는 어렵다. 마치 심장 속의 먹물주머니를 터뜨리는 것 같다. 가령 "달걀 한 알을 얻기 위해 새벽 한 시부터 아침 여덟 시까지 꼼짝 안 하고 서 있을 수 있지만, 한 사람의 생명을 구하기 위해서 그렇게 하기는 힘들다"라는 문장에서처럼 인간을 움직이게 하는 강력한 힘은 고급한 동기보다 저급한 동기에 있다는 신랄한 주장을 만날 때 그렇다. 부정하고 싶지만 사실 일상에는 그런 장면들이 즐비하지 않은가? 베유는 저급한 동기의 에너지가 중력처럼 인간을 아래로 끌어당길 때, 은총만이 그를 상승시킬 수 있다고 말한다. '은총'은 기독교적인 어휘처럼 보이지만 그것과 차이가 있다. 기독교인에게 고통은 은총이다. 고통 속에는 신의 목적이 숨겨져 있고, 그걸 감내하면 신이 천국의 미래로 보상해줄 것이기 때문이다. 그러나 베유에게 은총은 보상이 없는 것이다. 선행, 사랑, 심지어 순교에도 보상이 따르지 않는다. 오히려 그 점을 알고 보상의 빈자리를 받아들이는 것이 참된 은총이다.

인간은 고통스러운 현실을 받아들이기보다는 현실의 공허한 빈자리를 채우려고 상상을 활용한다. 스페인 내전 당시 공화정부를 위해 싸운 민병대원들은 그들의 희생으로 공화정부가 승리할 거라고 상상했다. 공화국의 수호는 그들의 희생에 대한 보상이 되어야만 했다. 그러나 현실은 달랐다. 영국과 프랑스가 프랑코 독재정권을 인정하면서 공화국은 무너지고 말았다. 베유는 이 예를 들면서 역사의 비극을 회피하기 위해 보상의 "빈자리를 채우는 상상력은 본질적으로 거짓"이라고 차갑게 말한다. 그렇다고 민병대의 죽음이 헛되다는 말은 아니다. 삶과 역사는 고통스러운 빈자리들, 즉 보상 없는 희생들로 끝없이 이어지지만 "그 끝없음을 받아들이고 사랑하면서 응시하면 우리는 뜯겨 나와 영원에 이르게 된다".

영원에 이르는 은총이 우리에게서 멀기만 한 것은 아니다. 계속되는 사회적 참사들을 겪으며 우리는 '지켜주지 못해 미안해'라는 말을 수없이 되뇌었다. 사랑하는 이를 지키는 것이 진정한 사랑 아닌가……. 친지들은 미안하다고 말하는 것조차 부끄러워하며 자책하지만, 베유라면 이렇게 말할 것 같다. '사랑은 사랑하는 이를 지키는 게 아니라 사랑을 지키는 겁니다.' 인간의 사랑은 보잘것없다. 사랑하는 이를 지키고 싶어도 세계의 난폭함 앞에서 인간은 한없이 무력해지기 때문이다. 그러나 베유는 부재하는 이들을 위해 무언가를 멈추지 않고 하는 것이 중요하다고 말한다. "죽은 이들에 대한 경애심. 존재하지 않는 것을 위해 뭐든지 하기"는 인간을 운명의 중력에서 뜯어내어 영원 속으로 들어 올리는 사랑이다. 사랑을 지키는 사람은 승리에 대한 상상 없이, 미래의 보상을 구하지 않고 전투에서 목숨을 거는 병사와 같다.

또한 사랑은 무차별적이어야 한다. 『일리아스 또는 힘의 시』에서 베유는 죽어가는 모든 가여운 것에 대해 애정을 보였던 호메로스야말로 가장 진실한 작가라고 평가한다. 호메로스의 『일리아스』를 읽으면서 작가가 어느 나라 사람인지를 추측하기는 힘들다. 트로이 병사들이 그리스인의 창과 칼에 죽어갈 때도 기뻐하는 법이 없기 때문이다. "햇빛처럼 모든 사람에게 관여하는, 슬픔으로 인해 (…) 『일리아스』의 음조는 슬픔에 젖어 있지 않을 때가 없"다. 이 슬픔 속에서 분명히 드러나는 것은 승자와 패자를 모두 사물로 만들어버리는 강력하고 몰개성적인 힘이다. 그 힘의 노예가 되는 것은 패자뿐이 아니다. 점령지에서 지나가는 소녀를 사격하고 나서 쓰러진 시신 옆에서 한가로이 커피를 마시는 병사는 승리한 '사물'이다. 살려달라는 말이 물질에 전해지지 않듯이 병사에게도 전해지지 않는다. 눈앞에서 끝없이 목격되는 고통을 회피하려고 병사에게서 그의 정신이 이미 도망쳐버렸기에 그는 아무것도 느끼지 못하는 사물이 되었다.

'수동적 물질로의 전락'이 트로이전쟁에서 살인자와

희생자 들이 처했던 상황이며 이후 3천 년 동안 계속 반복되어온 상황이다. 이 하강운동을 막을 수 있는 방법은 무엇일까? 베유는 불행을 겪고 있는 사람에게 나라, 계급, 성별, 재능 등 개인적 표식을 지워버린 채로 다가가야 한다고 말한다. 인류에게 공통적 처참함을 만들어내는 몰개성적인 힘의 폭력에 맞설 수 있는 것은 몰개성적인 사랑뿐이라는 뜻이다. 『신을 기다리며』에 실린 한 에세이에서 베유는 불행한 사람들에게는 "자기에게 주의를 기울여줄 사람들 말고는 아무것도 필요 없다"라고 말한다. 이웃을 사랑한다는 것은 그에게 주의를 기울이며 지금 어떤 일을 겪고 있는지, 즉 "당신의 고통은 어떤 것입니까?"라고 묻는 일일 뿐이다. 우리는 그 물음을 통해 나와 전혀 다를 바 없는 한 인간이 끔찍한 불행과 만나 천형이라는 낙인이 찍힌 채 거기 존재하고 있다는 사실을 인식하게 된다. "불행한 사람을 집합체의 단위로서나 '불행한 사람'이라는 딱지를 붙인 사회 계급의 하나로 보지 않고 말이다." 자신도 언제든 불행한 자가 될 수 있다는 보편적 수난의 가능성을 인정하지 않기에, 사람들은 고통을 경험한 이를 비난하거나 사물처럼 무시하게 된다. 현실에서 수난은 평범한 이들 모두에게 닥친다는 정확한 인식만이 약자에 대한 경멸을 막을 수 있다.◆

◆   시몬 베유, 『중력과 은총/철학강의/신을 기다리며』, 이희영 옮김, 동서문화사, 2011, 478쪽 참조.

데보라 넬슨에 따르면, 배유의 책들은 1950년대 미국에서 선풍적인 인기를 끌었다. 수십만 독자들이 병약하고 비관적이었던 여성 사상가의 짧은 삶과 글에 열광했다. 당시 미국인들이 경제공황과 세계대전의 상흔으로 이른바 '공습 대피소 정신상태' 즉 강박적으로 정상성과 안전성을 추구하며 "내면을 지향"하고 "가장 인습적인 형태의 가정생활로 돌아"가려는 경향을 보였다는 점을 생각하면 이례적인 현상이다.[◆] 수전 손택 역시 시몬 배유에 관한 짧은 글에서 괴벽에 가까운 금욕을 보이며 행복과 보상을 경멸한 배유가 행복 추구와 낙관주의로 채워진 미국인의 영혼을 뚫고 침투할 수 있었다는 사실에 놀라워하며 결론짓는다. "우리가 그처럼 가차 없는 기인奇人들을 읽는 것은 (…) 그들이 본보기로 보여준 진지함 때문에, 진실을 위해서라면 기꺼이 자신을 희생할 각오가 되어 있는 그들의 명백한 의지 때문"[◆◆]이다. "삶뿐만 아니라 진지함도 사랑하는 한, 우리는 그런 생에 감동받으며 희열을 느낀다. 그런 생에 경의를 표한다는 점에서 우리는 세계에 수수께끼가 존재함을 인정하는 것이다."[◆◆◆]

◆   데보라 넬슨, 『터프 이너프』, 김선형 옮김, 책세상, 2019 참조.
◆◆   수전 손택, 『해석에 반대한다』, 이민아 옮김, 이후, 2002, 86쪽.
◆◆◆   위의 책, 87쪽.

자유로운 집이여 오라……
힘없는 이들에 던지는 희망의 몽상

가스통 바슐라르
『공간의 시학』
곽광수 옮김, 동문선, 2023

1

바슐라르1884~1962의 이 책에 대해 뭐라고 말해야 할까. 일상에서 마주치는 사물들 둘레로 문학적 공간이 생겨나는 놀라운 경험을 하게 만드는 책. 우리가 유년에 꿈꾸던 것을 온전히 이해하게 해주는 책. 너무 아름답고 평화로워서 매혹과 동시에 반감을 주는 책.

그러나 무엇보다도 『공간의 시학』은 집에 관한 책이다. 제목을 보며 저자가 건축가거나 시인이라고 생각할지도 모른다. 그런데 그는 프랑스의 저명한 과학철학자다. 제화공의 아들로 태어난 바슐라르는 어려운 가정 형편 때문에 우체국 직원으로 근무하며 대학을 마쳤다. 그리고 지방의 소읍인 고향에서 중등학교 물리, 화학 교사로 학생들을 가르치다 43세의 늦은 나이에 소르본대학에서 과학철학으로 박사학위를 받고 대학 교수가 되었다.

바슐라르는 집념은 무척 강했지만 타인의 말에 섬세하게 반응하는 사람이었다. 어느 날, 그는 과학사 강의에서 한 학생으로부터 강의에서 다루는 세계가 너무 살균되어 있다는 불평을 듣고 존재론적 충격에 빠진다. 그날 그는 자신이 그동안 왜 불만족스러웠는지도 알게 되었다고 고백한다.

"사람은 살균된 세계 속에서는 행복할 수 없는 법이지요. 그 세계에 생명을 이끌어 들이기 위해서는 미생물, 세균 들을 들끓게 해야 했습니다. 상상력을 회복시키고, 시를 발견해야 했던 거지요."◆

과학사가의 입장에서 시는 사물에 대한 주관적 표현이고 시적인 상상력은 과학의 참된 인식을 방해하는 힘으로서 객관적 판단에 이르기 위해서는 반드시 소독되고 살균되어야 할 것이었다. 그러나 살균하기 위해 가까이 다가갈수록 그는 상상력을 통해 열리는 몽상의 세계에 빠져들게 된다. 그 결과 불, 물, 공기, 흙 같은 자연의 4원소에 대한 시적 몽상을 담은 책들이 쓰였다. 그러니 다음 차례는 당연히 이 원소들을 담는 형식인 공간에 대한 책이어야 하지 않겠는가.

공간을 다루는 이 책엔 거리나 공원, 카페나 상점은 등장하지 않는다. 주로 여러 종류의 집들만이 나온다. 폭풍과 한파에서 우리를 지켜주는 작은 오두막집, 새들이 사는 새집, 연체동물의 집인 조개껍질, 서랍과 상자와 장롱과 구석. 서랍은 작은 잡동사니들의 집이고 상자는 비밀들의 집이며 장롱은 내의와 잘 말린 이불들의 집이다. 그렇다면 구석은?

슬픔에 빠진 아이는 늘 구석에 가서 웅크린다. 겁에 질린 동물들이 찾는 곳도 구석이다. 세상에서 버려진 기분이

◆　송태현, 『상상력의 위대한 모험가들』, 살림, 2005, 16쪽에서 재인용.

들 때 우리는 구석으로 숨는다. 바슐라르에 따르면 구석이야
말로 안전에 대한 몽상을 충족시켜주는 진정한 집이라고 할
수 있다. 우리가 편안하게 거주한다고 말할 수 있는 곳은 상
처받는 순간에 숨을 수 있고 비밀의 은신처가 될 수 있어야
하니까. 어쩌면 집은 "세계 안의 우리들의 구석"이라고 표현
하는 게 더 정확할 것이다.

물론 이 시적 정의에 반감이 생기는 사람도 있을 것
이다. 모두에게 집이 안전한 곳은 아니기 때문이다. 욕설과
폭력은 없었다고 해도 상처 없이 유년을 보내는 운 좋은 아
이는 드물다. 열일곱 살에 대학에 입학할 만큼 우수해서 어
린 시절 내내 부모에게 사랑만 받았을 것 같은 비평가 수전
손택도 자신의 유년기를 이렇게 정의했다. '징역형'. 그래서
우리는 집을 떠난다. 새로운 집을 찾아서! "태어난 집에 대
립하여 이번에는 꿈꾸는 집의 이미지가 나타나는 것이다. 삶
에서 때늦게, 그러나 물리칠 수 없는 용기로써 우리들은 여
전히 이렇게 말한다. 이루지 못한 것을 이제 이루리라. 집을
지을 것이다."

바슐라르는 우리가 새집이나 조개껍질 같은 집을 짓
기를 꿈꾼다고 말한다. 수전 길버트에게 반한 에밀리 디킨
슨은 이런 편지를 썼다. "네 따뜻한 마음 가까이 둥지를 틀
고 싶어……. 거기 혹시 내가 머물 자리가 있니? 아니면 나

는 집도 없이 홀로 헤매야 할까?"◆ 왜 하필 만들고 싶은 집이 둥지였을까? 새집은 바깥에서 물어 온 나뭇가지나 풀잎들을 얼기설키 엮은, 다소 엉성한 외관을 가졌다. 그런데도 우리는 꿈의 집이라도 되는 듯 새집을 예찬한다. 새들은 중심점에서 거리가 같은 원주 형태로 둥근 집을 짓는다. 이 둥근 모양은 끊임없이 새가 집의 안쪽 벽을 제 몸으로 누르면서 만들어진다. 풀잎 조각들이 부드러운 펠트 같은 둥근 안벽이 되기 위해서는 "새의 가슴으로, 심장으로, 틀림없이 호흡의 혼란과 아마도 심장의 빠른 박동을 일으키게 하는 가운데, 수천 번이나 짓눌리"는 과정을 거쳐야만 한다. 그러니까 새집은 새의 노력으로 그의 몸에 맞춰, 즉 집주인의 힘과 욕구에 맞춰 넓혀지는 집이다. 우리는 언제나 몸에 꼭 맞는 옷처럼 자신을 보호해주는 "집-옷"을 원하는 것이다.

조개껍질은 가장 약한 연체동물이 사는 가장 단단한 집이다. 그것은 아름다운 무늬를 가졌다. 조개껍질은 "제 내용물을 보호한다는 단순한 배려에서 해방되어 아름답고 단단한 기하학적 형태로써 제 존재 가치를 정당화할"(폴 발레리) 집, 즉 "형성의 신비"를 가진 집이다. 암몬조개의 화석을 보자. 이 조개껍질의 신비는 그저 다채롭고 화려한 형태에 있는 것이 아니다. 형태를 취하려는 순간, 연체동물이 삶에 관한 중요한 선택과 결정을 해야 한다는 것. 이 연약한 동물

◆   마리아 포포바, 『진리의 발견』, 지여울 옮김, 다른, 2020, 493쪽.

은 고뇌한다. 왼쪽으로 감길 것인가, 오른쪽으로 감길 것인가. 최초의 소용돌이를 형성하는 결정들, 그 뒤로 무늬를 만들어내는 연속적인 결정들이 그의 껍데기를 신비롭게 한다. 늘 "자기 종種의 회전 방식을 어기는" 조개들의 의지 덕분에 무한하게 다양한 무늬의 집이 만들어지는 것이다.

2년마다 이삿짐을 싸고 계속 변두리로 밀려나는 사람들이 있다. 그렇다면 이 책은 그저 아름다운 한담에 불과한 것 아닐까? 그러나 집이 부동산 가치로만 평가되는 현실 앞에서 바슐라르의 시적 몽상만큼이나 비판적인 것도 없다. 몽상은 가장 힘없는 이들이 미래를 향해 던지는 마지막 희망의 간절한 형식이다. 깊은 몽상은 네가 진정 꿈꾸는 것은 값비싼 집이 아니라고 말해준다.

상처받은 날들엔 구석처럼 안전하고, 힘나는 날들엔 잘 맞는 옷처럼 가볍고 자유로운 집에 대한 원초적 꿈들아! 우리에게 어서 돌아오라.

2

어떤 소박한 사람이 도심에서 멀리 떨어진 곳에 작고 아담한 새新집을 마련한다고 하자. 세월이 흘러 집은 더 이상 새롭지 않은 곳이 되고 우리와 함께 집도 나이 들어간다. 바슐라르는 시인 오스카 밀로슈의 몽상을 빌려 구석에는 "낡은 슬리퍼와 인형의 머리"가 굴러 나오고 "오래된 먼지의 영혼"이 떠도는 집을 그려본다. 물론 우리가 사는 집은 새로워질 필요가 있다. 그러나 새로움은 모든 것을 깨끗이 없애버리고 공간을 텅 비게 만듦으로써 얻어지는 게 아니다.

언제나 오래된 집은 집주인이 모아둔 물건들과 추억들로 소란스럽게 붐빈다. 바슐라르는 모든 낡은 집들이 "내밀한 부富를 가지고 있는 존재"인 서랍과 상자와 장롱 들을 소유하고 있음을 발견한다. 이것들은 집주인의 다정한 살림살이의 대상들이다. 정성껏 닦고 정리하는 손길을 통해 이 내밀한 부는 풀려나고 집은 새로워진다. 앙리 보스코의 글을 읽고서 바슐라르는 이렇게 말한다. "한 시인이 가구를 닦을 때―그것이 남을 시켜 하는 것일지라도―, 그가 닦는 모든 것을 따뜻하게 하는 양모 천의 걸레로 그의 테이블 위에 약간의 향긋한 밀랍을 묻힐 때, 그는 바로 새로운 대상을 창조해내는 것이다." 이렇게 가구를 닦고 서랍의 잡동사니와 상자의 기념품을 분류하고 장롱의 낡은 옷가지들과 시트를 펼쳤다 개면서 집으로 모여든 무질서한 추억들은 살림 사는 이의 고유한 질서에 새롭게 태어난다.

그런데 "그것이 남을 시켜 하는 것일지라도"라는 어구가 마음에 걸린다. 집 안의 곳곳을 훑어가는 살림살이의 정성은 "아주 오래된 과거를 새로운 날에 이어주는 유대를 짜는 것"이지만 이렇듯 잠들어 있는 가구들을 깨어나게 하는 이는 주로 주부다. 바슐라르는 주부들이 집을 반짝거리는 정성의 빛으로 내부에서부터 재건축한다고 선언한다. 이는 하찮게 여겨져온 노동에 시적 영광을 부여하면서 살림살이의 영역을 도맡아온 이들에게 찬사를 보내는 것처럼 보인다. 하지만 이 찬사는 사실 집안일을 전담하는 여성들을 향하는 것이 아니라 우리가 하찮게 여겨온 살림살이 자체를 향해 있다. 다시 말해 가사노동을 여성의 일로만 제한하는 게 아니라 모두가 경험하고 향유해야 할 가치 있는 활동으로 여기는 것이다.

릴케는 여성 음악가 벤베누타◆에게 보낸 편지에서 그가 가정부가 없는 동안 가구들을 닦았다고 쓰면서 이렇게 덧붙인다. "그대에게 이것을 알게 하고 싶소─청소야말로 아마 내 어린 시절의 가장 큰 열정이었고, 또한 음악과의 내 첫 접촉을 마련해준 것이었다는 것을. 왜냐하면 우리 피아노는 내가 먼지를 터는 관할에 들어오는 것이었고, 내 청소에 즐겨 응하며 지겨움을 조금도 나타내지 않는 드문 물건의 하나였기 때문이오. 그렇기는커녕 열성적으로 움직이는 걸레 밑에서 그것은 느닷없이 금속성의 음향으로 둥둥둥둥 울기 시작하는 것이었소……. 그리고 그것의 아름답고 짙은 검은 빛은 점점 더 아름다워졌소."

시인이 가장 사랑한 일은 피아노 닦기였지만 그의 걸레질에 반응하는 것이 악기만은 아니다. 가구들은 시인의 손길에 다양하게 반응한다. 가령 시인이 글을 쓰는 책상의 넓

◆　비엔나의 여성 피아니스트 벤베누타Benvenuta를 말한다. 그녀의 본명은 마그나 폰 하팅베르크이다. 1914년 릴케가 파리에 있는 동안 두 사람은 자주 편지를 주고받았다.

고 검은 표면은 그가 닦을 때마다 더 맑은 회색빛을 띠면서 그 표면 위에 방의 풍경들을 담아낸다. 그 모습을 보며 그는 이렇게 고백한다. "영혼에 닿아오는 장엄한 어떤 일이…… 거기에서 진행되고 있는 것처럼, 감동을 느꼈소."

그런데 막상 편지의 수신인인 벤베누타는 시인의 고백에 별 감응을 느끼지는 못했던 것 같다. 이 여성 음악가는 그 에피소드에 대해 릴케의 어머니가 어려서부터 청소와 집안일을 시켰기 때문이라고 주석을 달았다. 어머니가 릴케의 죽은 누나를 그리워하면서 어린 그에게 레이스 달린 치마를 입히고 딸처럼 키웠다는 이야기는 유명하다. 그는 여자아이처럼 자랐다. 그러니 시인의 청소 예찬은 릴케의 여성적인 성향을 단적으로 보여주는 것이라고 벤베누타는 생각했던 모양이다.

바슐라르는 벤베누타의 견해에 유감을 표하면서 어머니를 돕는 기쁨과 더불어 자신이 위대한 일에 동참하고 있다는 '일에의 향수'를 보여주는 편지를 단순히 시인이 지닌 여성적 취향의 증거로 봐서는 안 된다고 말한다. 실제로 릴케는 그 편지에서 청소를 할 때 자신은 노인들의 발을 씻어주는 황제나 자기가 사는 수도원의 접시를 닦는 성인들의 이미지를 떠올린다고 썼다. 신학자들 식으로 표현하자면 누군가의 더러워진 발을 닦아주거나 음식물로 오염된 식기를 씻어내는 일은 세계를 부활시키는 일이다. 사람과 사물의 몸에서 시간의 죄를 씻어내고 새롭게 태어나도록 하는 일이니 설거지나 빨래, 청소, 목욕시키기만큼이나 위대하고 종교적인 이미지를 가진 인간의 일도 없을 것이다.

문제는 우리가 살림살이를 하면서 이러한 이미지들을 체험할 수 없을 정도로 기계적으로 일한다는 데에 있다. 한 사람이 온 가족의 설거지와 빨랫감을 해치우듯 처리해야 하는 분주한 일과 속에서 노동은 기계적 활동이 될 수밖에 없다. 거기엔 몽상을 위한 시간이 존재하지 않는다. 이런 점들을 떠올린다면 바슐라르는 반근대적 몽상가다. 살림살이뿐만 아니라 모든 일에서 가능한 한 짧은 시간에 최대한 많은 결과를 내야 한다는 생산성의 논리에 철저히 반대하는 것이 몽상의 논리다. 몽상은 여유 없는 곳에서는 생겨나지 않는다.

또한 위대한 몽상은 여성의 몽상과 남성의 몽상으로도 나뉘지 않는다. 설거지통에 손을 담그거나 하얀 실로 레이스의 바늘코를 뜨면서 몽상할 수 있는 이는 여성만이 아니다. 진정한 몽상가는 성별 분업에 아랑곳하지 않는다. 노동 분업의 경계도 쉽게 넘어선다. 왜 이런 위대한 노동을 여성들의 일로 묶어두어야 하는지 그는 의아할 뿐이다. "아! 매일 아침 집 안의 모든 물건들이 우리들 자신의 손으로 다시 만들어져 우리들 자신의 손에서 '탄생되어 나올' 수 있다면, 우리들의 삶은 얼마나 위대한 삶이 되랴!" 닦고 치우는 일을 통해서, 나아가 일상을 이루는 크고 작은 일들을 직접 해봄으로써 삶을 갱신하는 것은 예술적인 작업이다.

그래서 바슐라르는 무인도에서 모든 것을 스스로 만들고 치워야만 했던 로빈슨 크루소야말로 진정으로 예술적인 인간이라고 생각한다. 고흐의 생각 역시 비슷했다. 동생에게 보낸 편지에서 고흐는 가장 문화적인 최상의 환경 속에서도 로빈슨 크루소의 독창적 본성을 늘 간직해야 예술가로 살 수 있다고 썼다. 바슐라르는 아침에 일어나 능동적인 하루를 보내기 위해 자신에게 반복해서 말했다. "매일 아침 성_聖 로빈슨을 한번 생각한다." 새집에서 살기 위해서 매년 이사 가야 할 필요는 없다. 낡은 세간살이들을 닦아내는 매일의 정성스런 손길과 그것들을 바라보는 새로운 눈길만 있다면 집은 항상 내부로부터 새로 건축된다.

3

몽상가는 어떻게 정성스러운 손길과 새로운 눈길을 가지게 되는가? 무엇보다 습관적이고 기계적인 행동을 제거해야 한다. 정성스러움에는 능숙한 몸짓으로 일을 처리하기, 부지런함, 성실함으로 환원되지 않는 것이 있다. 아무리 능숙하더라도 일을 하는 사람이 한없이 지루하게 느끼며 그 활동에서 어떤 기쁨도 느끼지 못할 때 그에게 정성스러움은 존재하지 않는다. 그는 기계적으로, 다만 성실하고 부지런하게 그 일을 수행할 뿐이다. 바슐라르는 우리가 우리의 삶에 한결 더 깊이 참여할 수 있다고 말한다. 우리는 "인간이 어떻게 사물들에 스스로를 주고 스스로에게 사물들을 줌으로

써 그것들의 아름다움을 완성할 수 있는지를 느낄 수 있다."
살림살이의 영역이든 또 다른 노동의 영역이든 우리가 장인
이라고 부르는 사람들은 바로 이러한 느낌 속에서 일한다.
그렇다면 새로운 눈길이란 무엇인가. 몽상가의 새로운 눈길
은 사물에 대한 깊은 몽상을 통해서 그가 새로운 이미지를
살(체험)게 되었을 때 생겨난다.

　　그러나 사물들, 사건들을 새롭게 만나는 일에 모든 이
가 몽상을 사용하는 것은 아니다. 소설가 데이비드 포스터
월리스 역시 새로운 시선의 중요성을 강조하지만 그것은 인
문학 교육이 가져다주는 이해와 인식을 통해서 획득할 수
있다고 말한다. 우리는 인문학 교육을 받음으로써 "그저 편
안하고 순조롭게, 그럴싸한 모습으로 **죽은 사람같이** 살지 않
는 방법, (…) 태생적 디폴트세팅의 노예가 되지 않는 삶을
살아나가는 방법을 배우는 것"◆이다. 인간은 자기 자신이 세
상의 중심이라고 믿는 태도를 컴퓨터의 디폴트세팅, 즉 기본
설정처럼 가지고 태어난다. 그래서 우리의 삶에는 늘 자기의
욕구와 감정을 가장 우선순위에 두는 자동적이고 무의식적
인 모드가 작동한다.

　　월리스는 이런 예를 든다. 나는 일과를 마치고 집에
빨리 돌아가고 싶다. 교통체증으로 꼼짝도 않던 차량들이 움

◆　　데이비드 포스터 월리스, 『이것은 물이다』, 김재희 옮김, 나무생각, 2023,
66쪽.

직이기 시작하고 내 자동차가 나아갈 차례가 되었을 때 얌체 같은 차량 한 대가 끼어든다. 치밀어 오르는 화를 참으며 장을 보기 위해 들른 대형슈퍼에서도 사정은 비슷하다. 여러 줄로 계산대 앞에 늘어선 사람들. 유난히 내가 선 줄은 거북이처럼 느리게 줄어들고 내 앞에 선 여자는 자기 아이에게 마구 소리를 지르고 있다. 나의 분노 게이지는 상승하고 짜증으로 폭발할 지경이다. 세상의 모든 사람이 나의 길을 막고 있는 기분이 들고 나를 방해하기 위해 존재하는 것만 같다.

그러나 그들에 대해 다르게 '생각하는 방법'을 선택할 수도 있다. 방금 내 앞에 끼어든 자동차는 심하게 다친 아이를 데리고 병원으로 달려가는 중일지도 모른다. 나보다 훨씬 급하고 위중한 상황에 놓인 것이다. 또 슈퍼마켓에서 모든 사람의 짜증을 돋우며 아이에게 악을 쓰던, 멍한 눈에 짙은 화장을 한 여자를 다른 눈으로 바라보는 것도 가능하다. 그녀는 시한부 판정을 받은 남편이 누워 있는 병실에서 사흘 밤을 지새우다 아이에게 먹일 간편음식을 사러 나왔는지도 모른다. 물론 내가 처음 생각했던 대로 끼어든 자동차의 주인은 얌체족이고 대형 슈퍼의 그 여자는 배려심 없이 제기분대로 행동하는 무례한 사람에 불과할 수도 있다. 그러나 나의 욕구가 가장 우선적으로 배려받아야 한다는 본능에 나의 사고가 굴복한 것일 수도 있다. "교통마비와 붐비는 상점 통로, 계산대 앞의 기나긴 줄 (…) 나의 태생적인 디폴트세팅은 이런 상황 속에서 오로지 **나**에게만 집중하기 때문이지요. 내가 배고프다는 사실, 내가 고단하다는 사실, 내가 무엇보다도 간절하게 집에 돌아가고 싶어 한다는 사실 말입니다. 그러다 보니 이 세상 다른 사람들은 누구를 막론하고 그저 **내 길을 가로막고 있는 걸림돌**일 뿐이며, 내 길을 가로막고 있는 이 빌어먹을 인간들은 도대체 뭐하는 놈들이냐, 라는 결론이 나오게 되는 것입니다."◆

그러나 다양한 세계관들, 삶의 차이들을 배우는 인문학 교육을 통해 상황을 이해하고 다르게 사고하는 것이 얼마든지 가능하다고 주장함으로써 월리스는 우리의 자기중심적 불안과 불만족을 지성적으로 안정화하는 방법을 제시한다. 다르게 생각함으로써 "연민, 사랑, 온갖 만물의 내면에 존재하는 융합을 체험하고자 하는 선택"◆◆을 할 자유가 우리에게 주어지는 것이다.

지성적 안정법 이외에도 우리가 자유로워질 수 있는 또 다른 안정법이 있다. 몽상가의 방식이다. 우리는 다르게 사유할 뿐만 아니라 다르게 느낄 수 있다. 사물들에 대한 몽상을 통해 우리는 다른 이미지 속에서 살아간다. 바슐라르는 이것을 "이미지의 안정법"이라고 표현한다. 의식적으로는 이해할 수 있지만 받아들이기 힘든 일들이 존재한다. 그럴 때

◆　　　위의 책, 84~85쪽.
◆◆　　　위의 책, 101쪽.

우리를 돕는 것은 '다르게 느끼는 일'이다. 네덜란드의 현상학자 판덴베르흐는 이렇게 말했다. "우리들은 성찰로써는 해결의 희망이 없는 문제들의 해결을 계속해 살고[體驗] 있는 것이다." 소소한 골칫거리로부터 인생의 중대한 문제들에 이르기까지 여러 종류의 고통을 맛보게 되고 그것들을 해결하기 위해 우리는 깨달음에 다가가려고 한다. 그러나 우리는 깨닫기 전에도 그 순간들을 살아야만 한다. 또 고통의 참된 인과관계를 파악했다고 믿지만 여전히 고통을 느낄 때가 있다. 어떤 문제들 앞에서는 고통의 원인을 따지기보다는 다르게 느껴보려고 하는 게 더 낫다.

간단한 예를 들어보자. 시골 사람인 바슐라르가 소르본대학에서 교수로 일하기 위해 파리로 올라왔을 때, 도시 생활의 여러 문제들이 그를 괴롭혔는데, 그중 하나가 소음이었다. 고즈넉한 시골 마을에서 어린 시절을 보낸 철학자에게 도시는 낯설기도 하지만 엄청나게 시끄러운 곳이었던 듯하다. 바슐라르는 파리에 도착한 후 극심한 불면증에 시달린다. 그는 자신이 파리에 체류해야 할 이유나 소음의 원인에 대해 100가지 이상 이야기할 수 있겠지만, 그렇다고 해서 소음이 주는 괴로움이 사라지지는 않는다.

바슐라르는 이 문제를 몽상으로 해결한다. "철학자들의 병인 불면증이 도시의 소음에 의한 신경질로 심해질 때, 모베르가[街]에서 밤늦게 자동차들이 붕붕댈 때, 트럭들이 굴러가는 소리가 나로 하여금 내 도시인의 운명을 저주케 할 때, 나는 대양의 메타포를 삶으로써 마음을 가라앉히는 것이다." 그는 밤거리의 자동차 굴러가는 소리가 견딜 수 없을 때 폭풍우가 몰아치는 잠의 바다에서 자신이 안전하게 흘러가는 침대-배 안에 있는 운 좋은 사람이라고 상상한다. "이리하여 나는 파리의 소음의 품 안에서 흔들리며 잠드는 것이다." 그는 아침에도 시적 이미지를 이용하여 편안하게 깨어난다. 이본 카루추의 시구 "도시가 '빈 조개껍질들의 왁자지껄대는 소리'를 낼 때 도시의 새벽을 듣는다"를 떠올리면서. 조개껍질들이 서로의 등을 부딪히며 인사 나누는 소리에 문득 깨는 아침은 아름답지 않겠는가? 도시의 소리를 바다와 해변의 소리로 이미지화함으로써 몽상가는 "소음을 자연화하여 덜 적대적인 것으로" 만들고 도시의 아침을 한층 살 만한 것으로 새롭게 느낀다.

이미지의 안정법을 활용하여 매번 모든 것을 다르게 느끼는 이들이 시인이다. 그들은 일반적인 가치 평가의 영역을 벗어나서 사물들을 느낀다. 가장 보잘것없고 남루하고 쓸모없다고 여겨진 사물이 한 시인의 시적 이미지 속에서 가장 빛나고 위대한 모습으로 태어난다. 시를 읽는 사람은 시적 이미지에 동참하며 그 사물을 다르게 체험한다. 이것은 잠을 방해하는 성가신 도시의 소음을 물리칠 때만 사용되는 것은 아니다. 극한의 상황에 놓인 사람에게도 이 이미지의 안정법은 효력을 발휘한다. 가령 1평 남짓의 감옥에 갇힌 죄수와 그를 기다리는 연인은 높이 솟아오르는 비행기의 조종석에 함께 있는 것처럼 행복해질 수 있다.

4

존 버거의 소설 『A가 X에게』에서 A는 정치범으로 감옥에 갇힌 무기수인 연인에게 편지를 쓴다. A는 X를 처음 만나던 해에 그들이 함께 훈련용 비행기를 탔던 일을 상기시킨다. "당신이 사랑하는 사람을 위해 낙하산 줄의 길이를 맞춰주고, 말아서 접은 다음 버클을 채워주는 그 일은, 이상하게도, 사랑하는 사람이 입고 있는 옷의 단추를 풀고, 지퍼를 내리고, 옷을 벗기는 일과 그리 다르지 않았어요."◆ 엄혹한 정치적 현실 속에서 연인들은 부드러운 애무로 젖어드는 시간을 즐기는 대신 투쟁에 쓸모가 될 기술을 익힌다. 그러나 X에게 그것은 어려운 현실 속에서 데이트조차 제대로 할 수 없었던 가여운 연애의 기억이 아니다. 우리는 언제나 높은 곳에서 떨어진다. 삶은 늘 추락하는 순간을 품고 있다. 그러나 사랑하는 이가 나에게 안전한 추락을 위한 옷, 낙하산을 입혀주고 있다. 이제 추락은 없고 낙하만이 존재할 것이다. 떨어짐을 피할 수는 없겠지만 당신과 함께라면 그것은 안전하다. 그녀는 그렇게 느낀다. 침대의 황홀경 속에서 연인의 부드러운 손길로 높이 떠오른 육체의 기쁨이 다시 낮은 고도로 빠르게 떨어져 내리듯 말이다.

◆   존 버거, 『A가 X에게』, 김현우 옮김, 열화당, 2009, 73쪽.

훈련용 비행기CAP는 작고 운전석은 매우 좁았다. 둘을 실은 비행기가 활주로를 떠나 하늘로 솟아올랐을 때 A는 느낀다. "그건 몸이 떠오른다거나 뭔가에 끌려 올라가는 것과는 다른 느낌이에요. 그렇죠? 그건 자라는 느낌, 성장의 느낌이죠. 누군가 다른 사람에게 기억되고 망각에서 되살아날 때, 아마 우리가 느꼈던 것과 비슷한 느낌을 가질 거예요."◆ 오래전 만남을 상기시킴으로써 A가 X에게 전하려는 것은 어떤 이미지다. "CAP의 조종실은, 내 사랑, 감방보다 작았어요."◆◆ X는 지금 독방에 갇혀 있다. 법적 배우자만 면회가 허용되기에 결혼식을 치르지 못한 A는 연인을 볼 수도 없다. A는 영원히 만날 수 없는 X에게 간절한 마음으로 훈련용 비행기의 조종실 이미지를 편지에 담아 보낸다. 그 편지를 손에 넣은 X가 위로를 느낀다면 그가 이제 좁은 독방에서 비행기의 작은 조종실을 떠올릴 수 있기 때문일 것이다. 그가 있는 곳은 더 이상 고독한 감방이 아니라 비행기 안이다. 그는 A와 함께 이 작은 공간에 탑승해 더 좋은 세계를 향하여 날아오르고 있다.

연인이, 그저 차갑고 습습한 공기로 수인을 조금씩 살해하는 작은 감방이 아니라 조종실에 있다고 느낌으로써 가장 큰 이미지의 혜택을 받는 사람은 A 자신이다. 그는 나의

◆　　　위의 책, 76~77쪽.
◆◆　　위의 책, 75쪽.

위대한 동지이고 역사의 새벽을 여는 사람이고 그렇게 전진하는 이들에 의해 역사가 달라진다고 확신하더라도 A의 고통은 쉽게 사라지지 않는다. 그러나 감방보다 좁은 조종실에서 함께 날아오르던 기억을 떠올리는 순간 A는 자신이 X 곁에 있다고 느낄 수 있다. 그래서 이 편지의 말미에서 A는 연인을 "나의 파일럿"이라고 부른다. 이 비행기 조종실의 이미지를 계속 떠올림으로써 그녀는 고통을 자신이 견딜 만한 것으로 살아낸다. 판덴베르흐가 말했듯 "해결의 희망이 없는 문제들의 해결을 계속해서 살고 있는 것"이다.

폭력적 현실에 띄우는
절박한 안부

존 버거
『A가 X에게』
김현우 옮김, 열화당, 2009

뉴욕의 유명 문학잡지 〈파리 리뷰〉가 작가들에게 물었다. '무인도에 책 세 권을 가져갈 수 있다면 어떤 책들을 가져갈 것입니까?' 퓰리처상 수상 작가 마이클 셰이본은『모비 딕』『율리시스』, 그리고 (만일 그런 책이 있다면)『코코넛으로 진짜 비행기를 만드는 법』을 가져가겠다고 재치 있게 답했다.♦ 나는 평범한 시인답게 시집으로 세 권을 고르겠다(다만 그 세 권을 고르는 데 평생이 걸릴지도 모른다). 작가마다 다른 책을 고르겠지만 박연준 시인이라면 존 버거1926~2017의 책들을 고를 것 같다. 어디선가 그녀가 평생 동안 한 작가의 책만 읽어야 한다면 존 버거를 택하겠다고 말했던 기억이 난다. 이처럼 버거의 책을 펼치며 타는 듯한 열정과 기쁨을 느끼는 사람이 박연준 시인만은 아닐 것이다.

버거는 영국에서 미술대학을 졸업하고 화가와 미술평론가로 활동했다. 그는 정치참여적 성향과 강한 발언으로 논쟁을 몰고 다닌 평론가였다. 1972년에는 BBC의 미술 비평 텔레비전 시리즈 〈다른 방식으로 보기〉의 작가와 진행자로 대중적인 사랑을 받는가 하면,『G』라는 소설로 맨부커상

♦   패멀라 폴,『작가의 책』, 정혜윤 옮김, 문학동네, 2016, 189쪽 참조.

을 수상하기도 했다. 버거는 거의 모든 재능을 소유한 작가이다. 지성적 분석력과 감성적 표현력, 섬세한 관찰력과 담대한 행동력, 그리고 사랑과 고통에 대한 놀라운 감지력이 한 사람 안에 전부 담겨 있다. 그는 소설 『A가 X에게』에서 이 재능들을 남김없이 발휘했다.

여기 두 연인, 아이다(A)와 사비에르(X)가 있다. 약제사인 아이다는 사비에르에게 계속 편지를 쓴다. 사비에르는 테러리스트 단체를 결성한 혐의로 이중종신형을 선고받고 복역 중이다. 종신형을 받은 죄수는 죽어야 감옥 밖으로 나올 수 있다. 그러나 이중종신형을 받은 죄수의 시신은 그의 나이만큼 감옥 안에 더 있어야 한다. 어떤 이는 그의 삶뿐만 아니라 죽음으로도 많은 이에게 강력한 영향을 미칠 수 있다는 것을 아는 자들이 만든 교활하고 끔찍한 형벌이다. 그들은 살아서는 영원히 만날 수 없다. 편지만이 그 가망 없는 사랑을 이어주는 수단이다.

아이다는 아몬드를 먹으며 아몬드 성분의 하나인 시안화수소산이 "체포되었을 때 죽음보다 더 가혹한 운명에서 우리를 구해주는 작은 약병"에 들어 있다는 점을 떠올렸다고 쓴다. 이런 문장으로 독자들은 두 연인이 얼마나 암담하고 쓸쓸한 세계의 구석에서 살아가고 있는지 알아차릴 수 있다. 아이다는 감옥에 갇힌 연인에게 비누 열두 개를 보내며 적어도 네 개는 받아볼 수 있기를 희망한다. 나머지는 다 어디로 가는 걸까? 사랑은 늘 이런 식이다. 시대의 어둠, 운명적 불운, 제삼자의 모략, 서로에 대한 의심, 착각과 실수 등 배송 과정에 끼어든 각종 장애로 내가 보낸 사랑의 정량은 제대로 전해지지 않는다. 지금 당신의 연인이 홀로 어떤 마음의 감옥에 갇혀 있는지 살피라는 듯 소설은 거듭되는 배송 사고를 전한다.

아이다가 있는 감옥 밖이 감옥 안보다 형편이 나은 것은 아니다. 아이다는 얼마 전 이웃에 있는 한 순박한 이발사의 가게에 미사일이 떨어졌다고 편지에 쓴다. 그곳이 범죄자들의 은신처라고 주장하는 '그들'의 짓이었다. '그들' 역시 구체적으로 호명되지는 않는다. 자유의 박탈에 저항하는 모든 이를 테러리즘으로 매도하는 어떤 세력이라고 추측할 수 있을 뿐이다. 폭격으로 폐허가 된 집터에서 망연자실한 이웃을 보며 아이다는 쓴다. "모든 게 먼지가 되어버렸고, 그 주변에는 파편들이 흩어져 있었어요. 파이프와 전선을 제외하고는 아무것도 알아볼 수 없었죠. 일생 동안 한데 모여 있던 모든 것들이 아무 흔적도 없이 사라져버리고, 이름을 잃어버린 거예요. 정신이 아니라 손에 잡히는 것들의 기억상실증." 그곳에서 이발사가 제일 먼저 한 일은 무엇일까? 그는 빗자루를 쥐고서 발아래가 아닌 먼 곳을 응시한 채 공허하게 비질을 하며 말한다. "손님 이발을 마칠 때마다 매번 바닥을 쓸었어요. 이발사가 지켜야 할 직업상의 제일원칙 중 하나니까."

이발사의 회복탄력성을 보여주는 장면인가? 아니다.

그의 모습은 사회적 참사와 타자의 폭력으로 삶이 완전히 부서진 사람들과 그들의 가족을 닮아 있다. 이들은 먹을 사람 없는 밥상을 차리고 신을 사람 없는 구두를 강박적으로 닦는다. 세계가 통째로 파괴된 아픔을 겪는 사람들은 이 속절없는 반복으로 어떻게든 삶을 복구하려는 몸짓을 멈추지 못한다. 부러진 날개로 바닥 위에서 한없이 파닥거리는 새처럼.

　　　사랑 이야기가 어쩌면 이토록 아름다울 수가 있을까? 둘 사이에서만이 아니라, 세계를 향해 광범위하게! 종이에, 그리고 삶 속에 이런 이야기를 단 한 번만이라도 쓸 수 있다면 좋겠다.

사진, 과거와 현재가 함께하는
공존의 신비에 대하여

롤랑 바르트
『밝은 방』
김웅권 옮김, 동문선, 2006

롤랑 바르트1915~1980를 '언제나 충실한 나의 친구'라고 불렀던 수전 손택에 따르면 바르트는 폭력을 혐오했고 언제나 슬픈 빛을 띤 아름다운 눈을 가진 사람이었다. 그가 예순네 살의 비교적 이른 나이로 사망했을 때 부고를 접한 손택은 바르트를 추억하며 말했다. 그는 무엇에 대해서든 아이디어를 내고 우아한 글을 쓸 수 있는 사람이었다고. 그런데 그가 그럴 수 있었던 것은 단순히 박식하기 때문이 아니라 놀랍도록 예민했기 때문이었다. 예민성은 "무언가가 관심의 흐름 안으로 헤엄쳐 들어왔을 때 그것에 대해 떠올린 것을 얼마나 꼼꼼하게 옮겨 적을 수 있느냐의 문제"◆다. 그런 예민성을 가지고 온갖 주제에 대한 글을 쓰면서 바르트가 진정으로 말하고 싶었던 것은 무엇이었을까?

역사학자 미슐레는 콜레주드프랑스(프랑스의 유서 깊은 대중 교육기관)에서 파면됐을 때 학생들로부터 이런 말을 듣고 큰 위로를 받았다고 한다. "우리는 당신의 강의에서 아무것도 배우지 않았습니다. 단지 사라졌던 영혼이 우리 안으

◆　수전 손택, 『우울한 열정』, 홍한별 옮김, 이후, 2005, 133쪽.

로 다시 돌아왔을 뿐입니다."◆ 20세기의 가장 사랑받는 비평가인 롤랑 바르트는 미슐레가 강의에서 했던 일을 글쓰기를 통해 하려고 했다. 그는 글을 읽고 쓰는 행위 속에서 교양을 쌓기보다는 자신의 내면에서 나오는 말을 듣기를 원했다. 그래서 그의 글에서는 늘 이론이 아니라 그의 내밀한 목소리가 들린다.

　'사진에 관한 노트'라는 부제가 붙은 『밝은 방』은 바르트의 마지막 책이다. 이 책에서 그는 사진의 두 요소, 스투디움studium과 푼크툼functum을 구분한다. 도로를 순찰하는 무장군인들 사이로 수녀들이 지나가는 사진을 본다고 하자. 사진작가는 폭력적인 삶과 신성하고 평화로운 삶의 대비를 의도했을 테고 우리는 그 의도에 반응하며 전쟁이 끝나기를 기원한다. "도덕적·정치적 교양이라는 합리적 중계"를 거친 반응이다. 이처럼 우리를 건전한 시민으로서 반응하게 만드는 요소가 스투디움이다.

　이와 달리 남들은 무심코 지나치는 세부 사항이 말을 걸며 나만 아는 기억 속으로 나를 데려가는 경우가 있다. 사진의 한 부분에서 "마치 화살처럼" 날아와 나를 꿰뚫고 내 마음을 물들이는 요소가 푼크툼이다. 이 하찮은 세부 사항 때문에 우리는 어떤 사진을 사랑하게 된다. "한 장의 사진을

◆　롤랑 바르트, 『롤랑 바르트, 마지막 강의』, 변광배 옮김, 민음사, 2015, 나틸리 레제의 서문에서 재인용.

사랑할 때, 또는 그 사진이 나를 어지럽힐 때, 나는 그것 때문에 머뭇거린다. 그 사진 앞에 머물러 있는 동안 내내, 나는 무엇을 하는가. 마치 그것이 보여주는 사물 혹은 사람에 관해 더 많은 것을 알고 싶어 하는 것처럼, 그것을 바라보고 탐색한다."

이처럼 사진 속에서 우리 각자를 찌르는 개별적인 독특함에 사진의 본질이 담겨 있다. 그것은 바로 시간이다. 셔터의 '찰칵' 음은 사물들이 '있다'는 것을 증명하는 것이 아니라 '있었다'는 것을 증명하는 소리다. 사진에 찍히는 순간은 '찰칵'과 동시에 과거가 되기 때문이다. 모든 사물이 사라지고 변화한다는 사실에 대한 마음의 조바심이 기계음으로 번역된 것이다.

바르트는 돌아가신 엄마의 유년 사진을 본다. 다섯 살의 소녀가 온실 앞에 서 있다. 노년의 아픈 엄마를 혼자서 돌봤던 그에게 엄마와의 마지막 시간을 분명하게 환기시키는 것은 그녀의 말년 사진이 아니다. 세상을 떠나기 전 엄마는 점점 작아지고 연약해졌다. "엄마는 앓고 있는 동안 온실 사진에 나타난 본질적 아이와 결합되면서 나의 소녀가 되었다." 그가 사진을 바라보는 동안 엄마에게서 늙음은 휘발되고, 엄마는 바르트가 낳아서 키웠을지도 모를 아이처럼 작은 소녀의 모습으로 남는다. 그녀는 작고 사랑스러워서 죽는다는 게 도무지 믿기지 않는 모습으로 사진 속에 있다. 하지만 사진에 찍힌 어린 소녀는 곧 사라질 운명이다. 그녀는 더 이상 소녀로 있지 않고 자라서 한 사람과 사랑에 빠지고 부드러운 목소리와 매끄러운 피부를 지닌 사내아이를 낳게 된다. 그러니 모든 사진은 "미래의 죽음" 즉 도래할 상실을 말한다고 이야기해야 하리라.

『밝은 방』에는 비슷한 감정을 불러일으키는 인물 사진이 여러 장 실려 있다. 사형을 앞둔 청년 정치범, 1931년에 어린 초등학생이었던 에르네스트, 애무를 하려는 듯 손가락을 살짝 펼치고 있는 젊은 남자의 누드. 사형은 곧 집행되고 유년은 빨리 지나가고 욕망도 금세 사라질 것이다. 이제 그들은 없다. 하지만 그들은 '확실히' 있었다. 모든 사진은 과거에 '있었던 것'을 내가 지금 보고 있다는, 과거와 현재가 함께하는 "공존의 신비"를 본질로서 담고 있다.

푼크툼을 설명하면서 바르트는 왜 하필 어머니의 사진을 가져왔을까? 그의 아버지는 그가 한 살이 되기 전, 제1차 세계대전에서 사망했다. 바르트는 어머니와 단둘이었고 일생을 함께 살았다. 동성애자였던 그의 삶에서 짧고 불규칙한 연애 관계를 고려했을 때 그의 곁에 변함없이 존재했던 유일한 사람이었다. 그런 어머니가 세상을 떠나고 깊은 슬픔에 빠졌을 무렵에 쓴 책이니 어머니에 대한 각별한 애정이 표현되었을 것이다. 하지만 그뿐일까? 어머니는 푼크툼을 말하는 데 특별히 적합한 물질적 존재다. 우리는 그녀의 품에서 잠들었고 그녀를 안았고 그녀를 만졌다. 몸으로 만나는 최초의 타인이었기에 그 존재가 있었다는 확신을 다른 어떤 대상들보다 강렬히 불러일으킨다. 또한 바로 그 이유로 우리가 만질 그 몸이 더 이상 존재하지 않는다는 상실감이 폭력적일 만큼의 고통을 주는 것이다. 강력한 부재의 고통은 바로 그 사람이 존재했었다는 사실을 알리기 위해 내 가슴속에서 무성하게 자라난다. 씨앗을 심은 사람이 있다는 것을 증명하기 위해 자라나는 나무처럼.

그래서 푼크툼은 꼭 별난 순간을 뜻하지는 않는다. "그들이 다만 거기 있었다는 사실 외에는, 별난 데라고는 전혀 없는 사진"들 속에 있을 뿐이다. 우리는 특별할 것도 없는 대상들을 끊임없이 찍고 그것을 계속 바라본다. 사회관계망서비스SNS의 타임라인을 흐르는 그토록 많은 구름과 노을 사진들. 그것은 우리가 금세 사라지는 것들과 함께 있었다는 다정한 증언이자 그들이 가버린 뒤에도 계속 바라보고 있을 것이라는 조금은 쓸쓸한 약속이다.

사진 속의 연인, 친구, 강아지와 고양이들. 우리는 떠난 이들을 쉽게 보내지 못하고 그들이 분명 존재했다는 사실을 담아서 '밝은 방'에 자꾸 쌓아두려고 한다. 네가 거기 있었지. 나는 너를 보았지. 이제 안녕, 안녕……. 언제나 사진은 작별 인사인 동시에 지금 곁에 없는 너와 만나는 재회의 인사다.

먼저 떠난 오빠를 위한 192쪽의 기록……
사랑은 기억이다

앤 카슨
『녹스』
윤경희 옮김, 봄날의책, 2022

"오빠가 죽었을 때 나는 책의 형식으로 그를 위한 묘비명을 만들었다." 라틴어로 밤을 뜻하는 '녹스Nox'라는 제목이 달린 회색 책. 저자 앤 카슨이 고인의 사진과 편지, 우표를 붙이고 메모를 해뒀던 작은 수첩은 아코디언의 주름처럼 이어진 192페이지의 독특한 책으로 재탄생했다.

앤의 오빠 마이클은 청년기에 여자친구의 죽음에 충격을 받아 집을 떠났다. 그는 바다 건너 덴마크로 가서 이름을 바꾸고 가족들은 모르는 삶을 살았다. 간혹 엽서나 편지를 보내지만 주소를 알려주지 않는 아들에게 엄마는 편지를 쓴다. "여러 해 동안 한 번이라도 크리스마스에 소포를 부칠 수 있게 네 주소를 얻었으면 좋겠다." 부치지 못한 답장 속에 쓰인 이 말은 엄마의 간절한 바람이기도 하지만, 마이클 역시 죽은 여자친구에게 똑같은 말로 끊임없이 간청했을 것이다. 주소를 적지 않음으로써 마이클은 엄마에게 자신이 겪는 고통을 말없이 전한다. '엄마, 걔가 있는 곳의 주소를 알 수 없어요. 한 번만이라도 그 애에게 무언가 보낼 수 있다면……'이라고 고백이라도 하듯이. 엄마는 돌아가실 때까지 오빠의 주소를 알지 못해, 그를 죽은 사람처럼 그리워하며 살았다. 이 몹쓸 오빠.

22년 뒤, 오빠가 갑자기 세상을 떠났을 때 그의 부인은 누이 앤의 연락처를 2주 동안 찾지 못했다. "내가 현관을 쓸고 사과를 사고 저녁에 라디오를 켜고 창가에 앉아 있는 동안, 그의 죽음은 바다를 건너 나를 향해 천천히 유랑하며 왔다"고 앤은 적는다. 형제가 세상을 떠난 뒤에도 자신이 아무것도 모른 채 웃고 떠들며 평온한 일상을 누리고 있었다는 사실에 대한 자책이 담겨 있다. 그녀는 소식을 듣고 급히 덴마크로 향했지만 장례가 끝나고 유해는 바다에 뿌려진 뒤였다. 그녀는 자신이 제때에 도착하지 못했다는 사실에 괴로워한다. "어디론가 항해하는 사람들처럼 그리고 정해진 장소에서 일정한 때에 수행해야 하는 제의들이 있었다. 그러나 그것은 중지되었고, 우리는 아무것도 제대로 되게 할 수 없었고."

한나 아렌트는 "한 아이가 태어났다"는 말은 일종의 복음이라고 말한다. 신의 아들만 그런 게 아니라 모든 사람의 아이는 이 세상에 기쁜 소식을 전하며 태어난다는 것이다. 아이를 기다렸던 사람들이 달려와 그의 탄생을 경배한다. 누군가의 아이가 이 세상을 떠날 때도 마찬가지다. 그를 알던 사람들이 달려와 그가 세상에 없다는 사실에 애통해한다. 그래서 '그가 아무도 반기지 않은 채 태어나, 슬퍼하는 이 하나 없이 떠났다'는 말은 불행한 인생을 뜻하는 가장 흔하지만 진실한 표현이다. 그런 이유로 우리는 사랑하는 이의 죽음을 세상에 알리고 그와 작별하는 제의에 정성을 다한다.

앤 카슨은 제의의 형식은 그저 관습일 뿐이라는 헤로
도토스의 견해에 동의한다. 그는 이렇게 말한다. 어느 옛사
람이 그리스인 몇 명에게 얼마만큼의 돈이라면 죽은 부모를
먹겠냐고 물었다. 그러자 그들은 아무리 많은 돈이라도 그런
짓은 하지 않겠노라고 화를 냈다. 자기 부모를 먹는 풍습을
가진 인도인들에게도 물었다. 얼마면 죽은 아비를 불에 태우
겠느냐고. 그러자 그들은 고함을 치며 신성모독적인 말을 그
치라고 했다. 이처럼 '관습은 모든 것의 왕'이어서 우리는 감
당하기 힘든 슬픔을 겪을 때 관습의 도움을 받는다. 앤은 자
신의 부모님이 돌아가셨을 때 두 분을 먹는 대신 화장 관습
을 선택했으며, 두 분의 이름을 새긴 돌 아래 재를 묻었다.
그렇지만 오빠를 위해서는 제의를 선택할 수 없었고, 그 사
실은 그녀에게 큰 고통을 주었다. 그래서 형제를 잃은 로마
시인 카툴루스의 비가를 번역해 책을 만드는 방식으로 지연
되었던 제의를 치르기로 했다.

관습이나 종교에 따라서든, 혹은 책을 만드는 방식으
로든, 우리가 애도를 위해 선택하는 모든 제의의 핵심은 이
것이다. 사랑하는 이가 떠났다는 소식을 전하면서 그의 이름
을 부르고 그 얼굴을 떠올리며 그의 삶이 어떠했는지를 다
른 이들과 함께 이야기하는 것. 그렇게 함으로써 고인이 살
았던 삶의 역사를 세상에 알리며 그와 정중히, 그리고 천천
히 작별하는 것.

2022년 우리가 거리에서 많은 젊은이를 잃고서 치러

야 했던 사회적 제의가 공허하게 느껴지는 것은 이 핵심이 전부 생략되어 있기 때문이다. 위패도 사진도 없는 분향소에서 우리는 고인에 대한 어떤 이야기도 하지 못하고 듣지 못한 채 누군지도 모르는 고인을 애도하고 추모했다. 세상을 떠난 당신이 누구였는지 알고 기억하는 것이 가장 중요한 바로 그 제의에서 말이다.

예술을 '선물'하는 일,
그저 옛 인류의 순진한 발상일까

루이스 하이드
『선물』
전병근 옮김, 유유, 2022

마거릿 애트우드의 글을 읽다 한 시인이 쓴 책에 대한 찬사를 발견했다. 당신이 글, 그림, 노래, 영화 그 무엇이든 만들 계획이 있다면 루이스 하이드1945~의 『선물』을 꼭 읽어야만 하는데, 그건 당신이 "제정신을 유지하는 데 도움이 될 것"이기 때문이란다. 이 책은 1983년에 출간된 후 40년 동안 입소문과 선물을 통해 다양한 예술가들 사이를 지하 기류처럼 흘러 다녔다고 한다.

저자는 소설가 콘래드의 문장을 인용해 책의 핵심 주제를 이렇게 밝힌다. "예술 작품은 우리 존재의 어떤 부분에 호소하는데, (⋯) 그것은 우리가 일궈낸 성취라기보다는 선물이다―또한 그렇기 때문에 더 영구히 지속된다." 선물을 의미하는 영어 단어 'Gift'가 재능이라는 뜻도 가졌다는 점을 떠올리면 이 말은 쉽게 이해된다. 그러나 이 책은 위대한 예술가는 놀라운 재능을 선물처럼 받은 존재라서 평범한 이의 노력으로는 넘볼 수 없는 어떤 영역에 '계신다'는 뻔한 주장을 하려는 게 아니다. 재능이 선물이라면 재능의 실현으로 여겨지는 예술은 선물의 증여와 같은 속성을 지녔다는 것을, 그리고 이 세계의 어떤 구석에선 여전히 선물 같은 일들이 일어나고 있다는 걸 증명하느라 하이드는 문화인류학의 고전들, 기독교 무정부주의 사상, 자동차 회사의 비용-편익표, 휘트먼과 파운드의 시집들 사이를 부지런히 오고 간다.

미국에서는 한번 준 것을 되돌려달라는 무례한 이를 '인디언식 증여자Indian giver'라고 부른다. 미 대륙에 정착한 한 영국인이 인디언의 집에 초대를 받은 상황을 상상해보자. 주인은 백인 손님과 전통 파이프 담배를 나눠 피우고 돌아가는 손님에게 파이프를 선물한다. 집으로 돌아온 영국인은 나중에 이 유물을 모국의 박물관에 기증하리라 마음먹고는 벽난로 선반에 자랑스럽게 진열해둔다. 얼마 뒤 이웃의 인디언들이 그를 방문했을 때 그들은 주인이 파이프를 자신들에게 줄 거라고 기대한다. 통역사를 통해 인디언 손님에게 파이프를 선물하는 게 예의라는 말을 들은 이 영국인은 충격을 받아 중얼거린다. "이렇게 사유재산에 대한 감각이 희박한 자들이 있나!"

'백인식 소유자white man keeper'는 "재산을 돌고 도는 선물의 순환 고리에서 빼내 창고나 박물관에 두는" 사람이다. 선물은 정확히 이러한 백인 소유자의 본성에 반대한다. 우리가 받은 것은 우리가 소유하는 것이 아니라 다른 이에게 나눠 주는 것이 선물의 원리이다. 그런데 인디언식 선물은 서로 주고받는 게 아니다. 대체로 받은 것은 제삼자에게 건네지고 그에 의해 또 다음 사람에게 건네진다. 이처럼 선물이 대가 없이 건네질 때마다 사람들 사이에는 느낌과 생기가 생겨난다. 수건돌리기가 놀이의 공동체를 만들어내듯 선물은 계속 돌아가며 사람들 사이에 결속감을 부여하고 느낌의 공동체를 만들어낸다.

하이드는 예술 작품도 선물처럼 움직인다고 말한다. 시를 한 줄도 읽어본 적 없는 시인, 소설을 한 편도 읽은 적 없는 소설가가 있을까? 좋은 작가들은 언제나 좋은 독자였다. 그들은 다른 예술가의 작품에서 자극받은 생기를 자신의 작품 속에 담아 다른 독자에게 선물하는 독자다. 선물을 받은 인디언이 다른 이들에게 더 많은 선물을 하기 위해 부지런히 노동하듯 예술가는 받은 선물을 증식시켜서 다른 이들에게 돌려주기 위해 작품에 헌신한다. 우리가 종종 재능이라고 부르는 선물의 출처가 꼭 선배 예술가들인 것만은 아니다. 노발리스에게는 열일곱 살에 요절한 약혼녀가, 네루다에게는 민중이 영감의 원천이었다. 재능이 어디에서 흘러나오든 좋은 시와 그림, 음악과 영화가 지나가는 자리에는 늘 느낌이 생겨나고 정서적 유대 속에서 서로 접촉하는 공동체가 마술처럼 생겨난다. 아, 우리는 이 시, 이 소설, 이 음악을 사랑해. 우리는 함께하며 고통을 통과할 수 있어.

너무 낭만적인 생각 아닌가? 하이드 역시 초고도 상품경제의 한복판에서 우리가 얼마나 서로를 물건 취급하는지 잘 알고 있다. 1971년 미국의 포드사는 소형 자동차 핀토를 출시했는데, 가벼운 후방 충돌에도 연료탱크에 불이 날 위험이 있었다. 안전장치가 없으면 매년 180명이 죽고 180명이 다칠 거라 예상되었지만, 국가고속도로교통안전국

이 계산한 1인당 인명 손실 비용이 20만 달러였기에 포드사는 이 장치를 달지 않기로 했다. 사망, 상해 보상에다 부서진 찻값을 다 물어줘도 안전장치 총 설치 비용 1억 3750만 달러의 절반도 들지 않았기 때문이었다. 출시 이후 차량 화재로 500명 이상이 죽었지만 방침은 달라지지 않았다. 1980년 인디애나주에서 소녀 세 명이 핀토 사고로 불에 타 숨졌을 때도 배심원들은 포드사의 무죄를 선언했다. 그러다가 비슷한 시기 캘리포니아주의 한 재판에서 배심원단이 생산자 책임을 물으며 포드사가 차량 소유주에게 1억 2500만 달러를 지급하라는 명령을 내렸다. 그러자 포드사는 리콜을 실행했다. 두 명만 죽어도 배상금이 리콜 비용을 초과하기 때문이었다. 이런 계산법을 우리는 상품경제의 합리성이라 부르는 것이다.

배상 비용이 늘기 전까지 안전장치를 달지 않겠다고 결정한 포드사 임원들이 자기 아이들에게 졸업 선물로 핀토를 사 줬을 리는 없다. 이런 합리성을 관철시키려면 내 아이를 제외한 어떤 아이도 느낌의 대상이 되어서는 안 된다. 상품의 핵심은 소비자는 절대 내 가족이 아니라는 것, 즉 감정적 분리를 정확히 실행하는 데 있다. 그런 분리가 없다면 그들은 매일 밤 자신이 만든 차 속에서 자기 아이처럼 보이는 아이들의 몸이 불타고 있는 최고의 지옥을 경험했을 것이다. 그렇다면 선물 경제는 감정적 결속을 되살리며 마땅히 느껴야 할 고통을 보여줌으로써 상품경제가 합리적 야만성을 실현하는 사태를 저지할 수 있지 않을까? 그토록 많은 예술가가 끔찍한 미래의 묵시록적 서사를 자주 활용하는 것은 지옥을 상상하고 느끼는 것도 일종의 정서적 능력이라고 믿기 때문이다.

　선물 경제는 먼 옛날 순진한 인류가 잠시 거쳤던 경제 모델이 아니다. 우리 삶에는 여전히 선물의 영역들이 존재한다. 세상을 떠나며 모르는 사람에게 장기를 기증하는 이들이 있다. 의료사회학자들은 생명의 일부를 나누는 고귀한 행위가 선물의 영역에 속한다고 말한다. 생명은 오직 선물할 수 있을 뿐 거래되어서는 안 되는 것이다. 이처럼 인간사의 영역에는 시장의 힘으로 조직하거나 지원하기 어려운 부분이 있다는 점을 인정해야 한다.

　하이드에 따르면, 예술은 상품이면서도 독특하게 선물로서의 본질을 간직한다. 그래서 예술가와 예술을 사랑하는 이들에게는 삶에서 선물처럼 순환하는 영역을 지켜야 할 소명이 있다. 그는 책 곳곳에서 예술이 공동체를 창조하고 보호한 사례를 제시한다. 심지어 예술이 예술을 보호하고 양육할 수도 있다고 강조한다. 1994년 미국 코네티컷주의 한 상원의원은 가난한 예술가와 학자를 지원하기 위해 기한 지난 지적재산권을 활용하는 법안을 제안했다. 당시 개인 창작자들은 사후 50년, 기업에서 도급으로 제작한 작품(대다수 영화)은 75년 동안 저작권을 보장받고 있었다. 새로 제안된 법안은 저작권 보호 기간을 20년 더 늘려서 그 수익을 예술과

인문학을 위한 기금으로 쓰자는 것이었다. 과거의 예술이 만든 부를 미래의 예술에게 선물로 준다는 꽤 괜찮은 발상이었다. 그러나 월트 디즈니사가 의회에 대대적인 로비를 하면서 모든 것은 물거품이 되었다. '예술을 지원하는 예술 법안'으로 불렸던 법안은 엔터테인먼트 업계의 독자적인 '저작권 기간 연장 법안'으로 탈바꿈하여 억만장자 기업들이 더 막대한 부를 쌓는 데 이용되었다.

하이드의 표현대로 '법적으로 절도에 가까운 소행'이었지만 이 암담함이 우리의 결론은 아니다. 이 사례의 핵심은 선물 경제가 오래된 원시 부족 문화나 요정 이야기 속에서만 가능한 게 아니라는 것. 단지 사회의 부가 예술로, 삶으로 흘러넘치는 현실의 통로를 집요하게 가로막는 세력이 있을 뿐이다. 자, 정부와 의회의 머릿속에 고리대금업자의 상상력이 주입되지 못하도록 만국의 예술 애호가여, 단결!

삶의 습관으로 타인을 구원하는 인간……
여우의 눈으로 포착하다

레프 니콜라예비치 톨스토이
「주인과 하인」
고일 옮김, 『이반 일리치의 죽음』, 작가정신, 2011

이사야 벌린의 『고슴도치와 여우』는 제목 덕분에 많은 이들에게 알려진 책이다. 이 제목은 "여우는 많은 것을 알고 있지만 고슴도치는 하나의 큰 것을 알고 있다"는 그리스 시인 아르킬로코스의 말에서 따온 것이다. 여우는 영리한 짐승이지만 고슴도치는 바늘 같은 가시를 세우는 것 말고는 특별히 재주를 부릴 줄 모른다. 그러나 여우가 온갖 꾀를 내어도 고슴도치의 확실한 호신법 하나를 당해낼 수 없다.

고대 시인의 이런 생각은 현대의 자기 계발서 저자들에게 깊은 인상을 주었다. 그래서 독자들에게 당신이 매번 머리를 굴리는 여우형인지 확실한 성공과 자기방어의 '한 방'을 지닌 고슴도치형인지 생각해보고 고슴도치가 되도록 애쓰라고 조언하곤 한다. 호소력 있는 조언이다. '그래, 인생은 한 방이지!' 그러나 우리는 고개를 끄덕이면서도 난감한 표정을 짓는다. '대체 그 한 방은 어디에 있는가……'

『고슴도치와 여우』는 러시아 작가 톨스토이에 대한 비평서이다. 벌린에 따르면 고슴도치형 인간은 모든 것을 하나의 핵심적인 원리와 연관 짓는다. 즉 모든 일을 관통하는 명료하고 일관된 원리가 있으니 이 자잘한 일들을 결정하는 하나의 큰 것을 찾아내야 한다고 믿는다. 반대로 여우형 인간은 다양한 목표를 추구한다. 그 목표들은 특별히 관계가 없고 때때로 서로 모순을 일으킨다. 이런 성향을 가지면 삶에서 실제 벌어지는 다채로운 일들을 이해하고 받아들일 뿐, 그것들을 꿰뚫는 유일한 진리에 도달하려고 애쓰지 않는다. 대체로 사상가들은 고슴도치형, 작가들은 여우형일 것 같지만, 꼭 그렇지는 않다. 가령 도스토옙스키는 작가지만 고슴도치형에 속한다. 그렇다면 톨스토이는?

흥미롭게도 톨스토이는 고슴도치가 되길 열망하는 여우이다. 그는 보편적인 관념을 전하는 사상가가 되길 원했고 예술은 그 수단이 되어야 한다고 믿었다. 그런데 정작 작품 속에서는 자기의 믿음을 관철시키는 데 자주 실패했고, 아이러니하게도 실패가 그를 위대한 작가로 만들었다.

「주인과 하인」이 그 대표적인 경우이다. 간단히 요약하면 부유한 러시아 상인이 하인과 겨울 숲을 헤매다 하인을 구하고 죽는다는 이야기이다. 모든 사람이 형제라고 믿었던 톨스토이답게 이 소설에서 계급을 초월한 인류애를 보여주려고 했던 것 같다. 첫 문단에서 주인공 브레후노프가 교회 장로라는 것을 읽는 순간 우리는 생각한다. 아, 그렇군. 연인도 아니고 가족도 아닌 누군가를 위해서 죽으려면 확실히 종교적 심성의 주인공이 필요하겠지.

그러나 두 번째 문단부터 우리의 주인공이 얼마나 세속적인지 드러난다. 그는 젊은 지주로부터 숲 하나를 사러 가는 길인데, 경쟁자들보다 먼저 가서 흥정을 하려는 욕심에 밤길을 나선 참이었다. 눈보라가 심하니 아침에 떠나라고 다들 말리지만 그는 기어이 하인 니키타를 데리고 무호르티(말)가 끄는 썰매에 올라탔다. 젊은 지주가 사는 마을까지 가려면 한밤의 숲을 통과해야 했다.

니키타는 부지런하고 친절하다. 그의 약점은 가끔 술을 마시고 주사를 부린다는 것. 브레후노프는 니키타의 약점을 빌미 삼아 품삯을 다른 일꾼의 절반만 준다. 제때에 주는 것도 아니고 매번 자기 가게에 있는 물건을 비싼 값으로 가져가게 한다. 장로이면서 사업장의 노동자를 착취하는 사장님은 1870년대 러시아에만 있는 것이 아니기 때문에 우리는 그런 인물을 쉽게 상상할 수 있다. 이제 소설의 후반부 어디쯤에선가 탐욕스러운 장로가 회심하는 장면이 등장할 것이다. '브레후노프'의 어원인 '브레훈'은 러시아어로 '거짓말쟁이'를 뜻한다니 분명 작가는 무늬만 종교인이던 한 인간이 고귀한 존재로 변하는 줄거리를 구상했을 것이다. 감동의 순간이여, 어서 오라.

그들은 우여곡절 끝에 숲에서 길을 잃는다. 브레후노프는 러시아의 혹독한 추위도 견딜 만큼 두꺼운 모피 외투를 두 벌이나 입었다. 그러나 얇은 외투 하나를 걸친 니키타는 꽁꽁 얼어가고 썰매를 끌던 불쌍한 짐승은 주저앉는다. 주인은 말을 풀어 혼자 도망치지만 숲을 뱅뱅 돌다가 결국 같은 자리로 되돌아온다. 그러고는 외투 앞자락을 열고 죽어가는 하인 위에 엎드려 그의 몸을 따뜻하게 하려고 애쓴다.

아침에 사람들이 브레후노프를 발견했을 때, 그는 니키타를 꼭 껴안은 채 죽어 있었다. 밑에 있던 니키타는 동상에 걸리긴 했지만 살아났다.

왜 혼자 도망갔던 주인이 갑자기 숭고한 행동을 하게 된 것인지 독자들은 알 수가 없다. 놀라운 결단의 순간은 어디에 있는가? 블랑쇼는 『문학의 공간』에서 그런 건 없다고 말한다. 주인공의 행동은 미덕으로의 개종이나 선한 결단이 아니라 "단순하며 자연스런 몸짓", 하나의 "불가피한 몸짓"일 뿐이라는 것이다. 블랑쇼는 주인공이 눈보라가 몰아치든 말든 일을 보러 나오고, 최악의 상황에서도 할 일을 찾는 걸 즐기는 상인이라는 점, 그리고 하인을 구하려는 순간 "우리는 이렇게 해, 우리 같은 사람들은 말이야"라고 말하면서 좋은 조건으로 매매계약을 성사시키려 할 때처럼 민첩하게 군다는 점을 강조한다. 그렇지만 그것이 단순하고 불가피한 몸짓과 무슨 상관이란 말인가?

미국 작가 손더스는 『작가는 어떻게 읽는가』에서 브레후노프의 '단순한 몸짓'을 설명하기 위해 자신이 겪은 일화를 소개한다. 한번은 그가 탄 비행기의 엔진이 고장 나 15분간 추락의 공포를 겪는 상황이 벌어졌다. 그는 평소 이런 상황이 오면 자신은 지나온 삶에 대해 잠시 감사한 후 차분하게 일어나 다른 승객들을 쿰바야(영적 합일)의 분위기로 이끌 거라고 상상해왔다. 그러나 실제 상황이 닥치자 정신은 마비되고 오줌을 지릴 것 같은 공황에 빠졌다. 그때 옆 좌석에 있던 어린 소년이 겁에 질린 목소리로 말했다. "아저씨, 원래 이러기로 되어 있는 거예요?" 그 말을 듣는 순간 그는 자신의 심장이 그 아이에게로 나가는 것을 느꼈다고 한다. '심장이 ~에게로 나간다one's heart goes out to'라는 표현은 누군 가를 가엾게 여긴다는 뜻의 관용구이다. 손더스는 이렇게 덧붙인다. "무언가 특별한 일처럼 들리지만 그게 우리 심장이 늘 하려고 하는 일이다. 누군가에게로 나가는 것." 그건 가장 절박한 순간에도 우리를 찾아오는 단순하고 불가피한 몸짓 이다. 손더스는 정신을 차리고 거짓말을 했다. "그래 맞아."

끝까지 품위를 유지하는 어른으로 남겠다는 고상한 결단 뒤에 한 행동이 아니었다. 그저 오랜 세월 부모 노릇, 가르치는 교사 노릇을 하며 누군가를 진정시키고 안심시키려고 했던 습관이 그렇게 시켰다. 아이는 의심하면서도 조금은 안심하는 얼굴이 되었다. 손더스는 자신의 에너지가 신경증적으로 안으로 향하는 게 아니라 아이를 향해, 내 바깥의 타자를 향해 나가는 걸 느낄 수 있었다. 그는 브레후노프도 늘 하던 대로 했을 거라고 말한다. 다만 "오랫동안 오직 자신만을 위해 사용되었던 타고난 에너지의 방향이 바뀐다."◆

톨스토이는 이 소설의 첫 줄을 쓰면서 참된 삶이 갖춰야 할 숭고한 원리, 삶을 통째로 바꿀 결정적 한 방을 보여주리라 마음을 먹었을지도 모른다. 그러나 고슴도치가 되

◆ 조지 손더스, 『작가는 어떻게 읽는가』, 정영목 옮김, 어크로스, 2023, 380쪽 참조.

려던 그의 열망은 실제 일어나는 일들을 포착하는 여우 같은 재능 때문에 좌절된다. 톨스토이는 종교적 대오각성이 있었다고 멋 부리는 대신, 흥정할 때마다 매물을 차지하려 허세를 부리던 이 상인이 이번엔 죽음의 사신에게 니키타를 절대 넘길 수 없다는 듯 군다고 쓴다. "이번엔 안 놓칠 거야."

손더스가 강조하듯 니키타 곁에 돌아온 뒤에도 브레후노프는 대체로 그대로이다. 브레후노프는 여전히 강박적으로 자기만족에 집착하고 근본적으로 이기적이며 오만한 인간에 가깝다. 그렇지만 그의 체온으로 몸이 녹은 니키타가 작게 코까지 골며 자는 소리를 들었을 때 그는 "여태껏 느껴보지 못한 각별한 기쁨"을 맛본다. 그리고 처음 만난 기쁨 속에서 달라지는 자신을 느낀다.

다른 존재들을 구하거나 우리가 원하는 세상을 만들기 위해서 머리부터 발끝까지 거창하게 새로운 인간이 될 필요는 없다. 늘 하던 대로, 그러나 에너지의 방향을 조금 바꿔서, 매일매일 움직이면 될 뿐. 우리의 사랑이 사소한 일에서 시작되듯 구원도 혁명도 그럴 것이다.

돈과 행복을 신성화하는
조급한 현대인이여……
"신은 죽었다"

프리드리히 니체
『차라투스트라는 이렇게 말했다』
정동호 옮김, 책세상, 2015

독일 철학자 니체1844~1900의 『차라투스트라는 이렇게 말했다』는 독자를 당혹스럽게 만드는 책이다. 철학책인데도 모든 문장이 비유와 비약으로 가득한 시처럼 느껴진다. 시인 쉼보르스카의 말대로 "읽는 이로 하여금 생각하게 만드는 시를 썼으니 그는 분명 뛰어난 시인이었다!"◆

이 책에서 가장 유명한 문장은 주인공 차라투스트라가 말한 "신은 죽었다"일 것이다. 이 말은 세상의 모든 종교에 전쟁을 선포하는 것처럼 들린다. 세계 곳곳의 분쟁을 보면 알 수 있듯이 종교적 신념으로 무장한 이와 대적하려는 사람들은 목숨을 걸어야 한다. 작가 살만 루슈디는 이슬람 종교를 비판하는 소설을 썼다가 이란 정부로부터 사형선고를 받고 숨어 지내야 했다. 그의 소설 번역가들이 테러범에 의해 살해당하는 사건도 있었다.

개신교 목사였던 니체의 아버지는 그가 다섯 살 때 세상을 떠났지만, 어머니의 열성적인 종교 교육으로 그는 어린 나이부터 성경을 줄줄 외우고 꼬마 목사라는 별명으로 불렸다. 그러나 커가면서 점차 종교의 억압적인 교리와 숨

◆   비스와바 쉼보르스카, 『읽거나 말거나』, 최성은 옮김, 봄날의책, 2018, 148쪽.

막히는 분위기를 싫어하게 되었다. 니체는 자신의 여러 책에서 용감하게 종교와의 전쟁을 선포한다. 이 때문에 "신은 죽었다"라는 그의 주장은 무엇보다도 기독교를 비롯해 유일신을 믿는 종교들에 대한 비판으로 보인다.

그런데 흥미롭게도 니체는 신이 없다고 믿는 무신론자들에게도 신의 죽음을 전해야 한다고 강조한다. 그들은 과학이나 민족, 또는 화폐라는 신을 섬기는 사람일 수 있기 때문이다. 종교는 없지만 돈의 가치를 신처럼 받드는 사람은 돈의 신도이다. 그들은 이윤만 생긴다면 다른 사람들의 희생쯤은 괜찮다는 확고한 믿음을 가지고 있다. 어떤 사람은 인종주의를, 또 어떤 사람은 성차별주의를 모태신앙으로 삼는다. 니체는 이처럼 기존의 가치나 사회적 통념을 무조건 옳다고 믿으며 절대화하는 사람들을 광신도로 간주하며 이들의 귀에 속삭인다. '신은 죽었다니까.'

그렇다면 절대로 종교를 가져서는 안 된다는 뜻일까? 니체의 관점에서 보자면 신의 죽음을 받아들이는 사람, 즉 절대적인 교리를 의심하는 사람만이 참된 종교인이 될 수 있다. 유대의 종교 율법은 장애인을 죄인으로 여기며 예배당에 출입하지 못하게 했다. 그러나 예수는 이 율법을 거부하며 장애인들을 환대했다. 어떤 신학자들은 예수가 행한 진정한 기적은 서 있지도 못하는 사람을 일어나 걷게 한 것이 아니라, 장애인이나 병자는 죄인이 아니라고 선언하며 그들을 예배당 한가운데로 오게 한 것이라고 말한다. 마르틴 루터는 교황의 무오류성 교리를 의심했다. 그동안 신의 말씀이라고 전해진 전통 교리들에 대해 회의했기에 그는 종교개혁을 수행하고 새로운 종교적 흐름을 만들어낼 수 있었다.

차라투스트라는 이렇게 말했다. "춤추는 별을 탄생시키기 위해 사람은 자신들 속에 혼돈을 지니고 있어야 한다." 대낮에는 별들이 있어도 보이지 않는다. 기존의 가치들을 대낮처럼 환한 진리라고 믿는 사람은 어떤 별도 발견할 수 없다. 모든 것을 의심하고 그 결과로 생겨나는 혼돈을 두려워하지 않을 때 우리는 제 안에서 춤추는 별을 찾게 된다.

모든 것을 의심하고 회의하라. 심지어 행복을 원하는 마음까지도. 니체는 춤추는 별을 언급한 다음, 행복을 찾아다니는 것은 비천한 인간의 일이라고 덧붙인다. 행복이 현대인을 지배하는 새로운 신의 자리에 올랐기 때문이다. 사라 아메드는 『행복의 약속』에서 우리가 행복이라는 관념 아래 특정한 삶의 방식을 강요당한다고 말한다. 행복이 지배의 기술이 되었다는 것이다. 행복은 이제 우리가 따라야 할 절대적으로 올바른 길로 간주된다. 이를 확인해주는 기본 지표들도 있는데, 결혼이나 안정된 가족 같은 것들이다. 그래서 많은 부모가 이렇게 말한다. '얘야, 우리가 바라는 것은 너의 행복뿐이다. 그러니 네가 뭘 하고 싶든 좋은 학교에 입학하고 대기업에 취직해라. 때 맞춰 결혼하고 행복한 주부, 행복한 가장이 되어라. 빨리 안정을 이루어라……'

그러나 세상의 아이들아, 정해진 궤도에서 이탈하

는 삶은 불행할 거라는 협박에 굴하지 말고, 혼돈을 기꺼이 맛보며 천천히 네 자신이 되어라. 남이나 스스로에게 자신의 성과를 증명하려고 서두르지 마라. 차라투스트라는 이렇게 말했다. "나는 다만 나 **자신**을 기다리는 것을 배웠을 뿐이다." 점점 조급해지고 불안해지는 우리를 향한 그의 다정한 전언이다.

젊은 릴케는 스승이 아닌 동료였기에
멘토가 되었다

라이너 마리아 릴케
『젊은 시인에게 보내는 편지』
송영택 옮김, 문예출판사, 2018

1902년 늦가을, 스무 살이 채 되지 않은 육군 사관생도 카푸스는 밤나무 그늘 아래서 릴케1875~1926의 시집을 읽고 있었다. 그때 교목을 맡고 있던 교수가 다가와 릴케가 사관학교를 다니다 중퇴했다는 이야기를 들려준다. 얼마 후 카푸스는 출판사를 통해 알아낸 주소로 무작정 릴케에게 편지를 썼다. 자신의 습작시와 함께 누구에게도 털어놓지 못한 속마음을 적어서. 이렇게 시작된 두 사람의 서신 교환은 1908년까지 계속되었다. 그중 릴케가 보낸 열 통의 답장이 그가 장미 가시에 찔려 패혈증으로 세상을 떠난 뒤에 책으로 출간되었다.

적성에 안 맞는 군사훈련을 견디며 시를 쓰던 카푸스에게 릴케는 진정한 멘토로 보였다. 카푸스가 첫 답장을 받았던 1903년 봄날 오후를 상상해보자. 교정의 꽃들은 일제히 '빨강'이라고 외쳤을 것이다(릴케의 소설 주인공 말테의 표현이다). 이제 막 세상을 향해 자기 존재를 정직하게 드러내기로 결심한 카푸스에게 갈채를 보내기라도 하듯이.

첫 답장에서는 일종의 신원확인이 이루어졌다. 물론 카푸스가 어디 사는 누구인지, 혹은 누구의 아들인지를 확인한 것은 아니다. 릴케는 그가 정말 시인이 맞는지를 묻는다.

"무엇보다도 먼저, 당신이 맞는 밤의 가장 고요한 시간에 '**나는 쓰지 않으면 안 되는가**'라고 자신에게 물어보십시오. (…) 이 진지한 물음에 굳세고도 단순하게 '**나는 쓰지 않을 수 없다**'는 말로 대답할 수가 있다면, 그때에는 당신의 생활을 이 필연성에 따라 구축하십시오." 카푸스는 자신의 시가 괜찮은지를 물었지만, 릴케는 물음의 순서를 바꿔보는 게 어떻겠냐고 답한 것이다. 결과물이 어떤지는 쓸 것인가 말 것인가를 결단하는 일에는 부차적이다. 가령 좋은 가수가 되지 못할 바에는 가수가 되지 않겠다고 결정하는 것은 확실히 생존에 유리하다. 하지만 그것은 '노래하는 사람'이라는 존재의 필연성을 만들어내지는 못한다. 작가라는 곤경, 가수라는 곤경, 화가 혹은 배우라는 곤경. 필연성은 하나의 이름 아래 주어질 모든 곤경에도 불구하고 오직 그 이름으로 불리기를 원하는 사람에게만 생겨나는 위대한 속성이다.

릴케는 자신의 동료 예술가들이 필연성의 소유자라고 생각했다. 아내였던 조각가 클라라 베스트호프도 그중 한 사람이었다. 1900년대에 건축과 조각은 남성의 예술로 여겨졌다. 여성들은 꽃이나 과일을 그리라는 식이었다. 여성은 남성이 다니는 국립대학에 갈 수 없었고, 수업료는 훨씬 비싸면서도 교육의 질은 많이 떨어지는 사설 미술학교의 수업으로 만족해야 했다. 게다가 조각가를 대상으로 매주 열리는 해부학 수업에도 여성은 참석할 수 없었다.

"국가가 예술가를 위해 후원할 의무가 있다면, 왜 여

성 예술가를 위해서는 그렇게 하지 않는 건가요?"◆

　　이런 분노 속에서 여성 조각가라는 힘겨운 운명을 기꺼이 받아들인 베스트호프. 예술가 공동체 보르프스베데에서 그녀를 처음 보았을 때 릴케는 깊은 사랑과 연대감을 느꼈다. 군인이 되라는 부모의 강요를 꺾고 시인의 가난한 삶을 선택한 그가 아닌가.

　　카푸스가 닥쳐올 숱한 곤경에도 불구하고 시인이 되기를 원하는지 확인한 후, 릴케는 조금 앞서 필연성에 묶인 삶을 살고 있는 사람으로서 말한다. "당신이 보고, 체험하고, 사랑하고, 그리고 잃는 것을 마치 인류 최초의 사람처럼 표현하도록 노력하십시오." 자신이 경험한 모든 일에 대해 자기만의 표현 방식을 발명하라는 말이다. 이런 당부에 카푸스는 풀 죽은 채 중얼거렸을 것이다. '군사학교의 생활은 단조롭기 짝이 없어요. 사랑과 상실의 모험이 필요해요…….'

　　그렇게 말할 줄 알았다는 듯이 릴케는 편지에 덧붙인다. 창작을 위한 특별한 장소는 없다. 설령 세상의 소리를 전혀 들을 수 없는 감옥에 갇혀 있다 해도 우리는 이미 무한한 양의 예술적 재료를 가지고 있다. 바로 우리의 어린 시절이다. 그것에 대해 써라! 이것은 작가가 되고 싶지만 뭘 써야 할지 모르겠다는 습작생들에게 수많은 글쓰기 책에서 권하

◆　　잉에 슈테판, 『남과 여에 관한 우울하고 슬픈 결론』, 이영희 옮김, 새로운사람들, 1996, 168쪽.

는 대표적인 방법이다. 그 책들의 저자 대부분이 릴케의 이 편지 모음집을 가지고 다니며 꽤나 밑줄을 그었던 것이다.

　　우리가 경험한 일들은 평범해 보이지만 그것을 오래 음미한다면 상상도 못 할 깊이를 드러낸다. 세계는 바다보다 더 깊다. 하지만 사람들은 그 사실을 전혀 모른다. 그러니 카푸스 씨, 당신은 영혼의 광부가 되어야 해요. 특히 "우리가 포장한 채로 가지고 다니다가 열어보지도 않고 다음 사람에게 줘버리는 이 두 가지의 과제", 즉 죽음과 사랑이라는 인생의 본질적 문제에 깊이 천착하기를. 이런 당부들도 인상적이지만 한 편지 말미에 적힌 릴케의 문장은 더욱 눈길을 끈다. "당신을 위로하려고 애쓰는 자가 때때로 당신을 기쁘게 하는 단순하고 조용한 말 그늘에서 아무런 고생도 없이 살고 있다고는 생각지 마시기를. 그의 삶도 많은 고생과 슬픔에 차 있고, 당신보다 훨씬 뒤져 있습니다. 그렇지 않다면, 그는 그러한 말을 찾아낼 수 없었을 것입니다."

　　카푸스에게 의젓한 목소리로 조언을 주는 사람은 고작 스물여덟 살 청년이다. 이런 청년이 과연 멘토 역할을 제대로 할 수 있을까? 카푸스보다 겨우 몇 해 더 산 애송이일 뿐인데? 그러나 조언자 또는 스승을 뜻하는 '멘토'에 지혜로운 남자 노인의 이미지를 떠올리는 것은 고정관념에 불과하다. '멘토'는 프랑스 작가 페늘롱의 『텔레마코스의 모험』이 대중적인 인기를 누리면서 유행한 말이라고 한다. 오디세우스의 아들 텔레마코스는 전장에서 돌아오지 않는 아버지를 찾아 모험을 떠난다. 이때 여행길에 텔레마코스와 함께하며 조언자 역할을 하는 사람이 멘토르이다. 멘토는 이 이름에서 유래했다. 그런데 멘토르는 아테나 여신이 이 젊은이를 돕기 위해 아버지뻘의 남성으로 변신한 존재였다. 고대 그리스인의 통념에 맞춰 여신이 남성으로 변장하고서 등장한 것이다. 신화는 남성은 가르치고 여자와 아이들은 배워야 한다는 통념을 보여주면서 동시에 그것이 속임수임을 알려준다.

그렇지만 아테나는 왜 굳이 함께 여행하는 멘토르로 변장했을까? 성별 고정관념에 부합하려는 것이었다면 텔레마코스가 위기에 빠졌을 때 흰 수염을 기른 남성 신의 모습으로 반짝 출현해도 될 텐데. 여기서 중요한 것은 멘토르가 텔레마코스와 함께 여행하는 사람이라는 점이다. 멘토는 집에 앉아 모험을 떠나는 젊은이에게 경험담을 늘어놓는 존재가 아니다. 혹은 젊은이가 모험에서 만신창이가 되어 돌아왔을 때 그 모험은 이래서 저래서 잘못되었노라고 훈계하는 존재도 아니다. 멘토는 함께 여행하고 함께 모험한다.

『젊은 시인에게 보내는 편지』가 절실한 지혜를 담고 있다는 인상을 주는 것은 릴케 역시 젊은 시인이라는 점과 무관하지 않다. 그는 시의 길을 완주한 뒤 얻은 지혜의 엑기스를 전하는 게 아니다. 릴케는 카푸스처럼 시의 모험을 나선 중이다. 그래서 그가 시인에게는 늘 고독이 필요하며 이 고독을 아주 평범하고 값싼 결합과 교환하고 싶은 때가 있을지라도 견뎌야 한다고 썼을 때, 이 문장들은 카푸스를 향할 뿐만 아니라 릴케 자신을 향하고 있기도 하다. 특히나 이렇게 말할 때 그렇다. "당신 마음속의 해결되지 않은 모든 것에 대해서 인내를 가져주십시오. 그리고 물음 그 자체를 닫혀 있는 방처럼, 아주 낯선 말로 쓰인 책처럼 사랑해주십시오." 아직 『말테의 수기』의 집필이 시작되기 전이고 『두이노의 비가』 같은 걸작의 구상과 집필은 단초조차 보이지 않던 1903년, 그 막막한 시절의 편지에서 릴케는 스스로를 다독이며 인내를 가져야 한다고 썼다. 젊은 예술가들은 얼마나 많은 날을 인내해야 할까?

　　우리에게 정말 필요한 멘토는 멀리서 거룩한 지혜의 오라를 뿜어내고 있는 존재가 아니라, 멀지 않은 거리에서 같은 곳을 탐험하는 동료 대원이다. 그러니 젊은 시인의 가장 좋은 멘토는 젊은 시인이 아니겠는가. "젊은이들에게 해주실 조언이 있다면?" 노작가 마거릿 애트우드는 에세이집 『타오르는 질문들』에서 이 질문을 싫어한다고 말한다. "집사가 고양이에게 하는 충고가 아무리 유용해도(저 아랫집 덩치 큰 수고양이는 건드리지 않는 게 좋아!) 고양이는 듣지 않는다. 고양이는 자기 마음만을 따른다. 왜냐하면 고양이는 원래 그러니까. 젊은이들도 마찬가지다." 물론 젊은이들이 구체적으로 뭔가 듣기를 원할 때는 예외라고 덧붙인다. 그렇지 않을 땐 아무리 유용한 조언을 해도 참견당하는 사람의 입장에서는 그것을 위세와 구분하기가 어렵다는 것이다. 그럼 지혜로운 노인은 뭘 하지? 충고나 조언이 아니라 축복을! 그래서 애트우드는 『햄릿』에 등장하는 폴로니어스의 대사를 빌려 모험을 막 시작하는 젊은이들에게 외친다. "잘 가거라. 내 축복이 네 안에서 피어나기를."

진정한 스승은
설명하지 않는다

자크 랑시에르
『무지한 스승』
양창렬 옮김, 궁리, 2016

자크 랑시에르1940~의『무지한 스승』. 제목만 보면, 스승이 무지할 경우 학생들에게 어떤 악영향을 미치고 얼마나 심각한 교육적 폐해를 낳는지에 대해 쓴 책일 것만 같다. 그러나 예상과 달리 이 책은 좋은 스승은 무지한 스승이어야 한다고 주장하면서 역사적 실례를 소개한다.

　　1818년 프랑스인 조제프 자코토는 네덜란드 남부에 있는 루뱅대학에서 프랑스어 강의를 맡게 되었을 때 눈앞이 캄캄해졌다. 네덜란드어를 한마디도 못하는데 어떻게 프랑스어를 가르친다는 말인가? 그렇다고 그만둘 수도 없었다. 정치적 망명 뒤에 어렵게 얻은 일자리였기 때문이다. 그가 선택한 교재는『텔레마코스의 모험』. 한 면엔 프랑스어 원문이, 다른 면엔 네덜란드어 번역문이 나란히 실려 있는 대역본이었다. 원래 이 책은 언어 천재로 명성을 떨친 페늘롱 주교가 루이 14세의 손자를 가르치기 위해 쓴 교재이다. 왕은 백성을 위해 자신을 무조건 희생해야 한다는 과격한 주장을 담고 있는 책이라서 자코토는 마음에 들었다. 문제라면 그가 네덜란드어로 문법을 설명하는 건 고사하고 책을 펼치라는 간단한 의사 표현도 하기 힘들었다는 것.

　　자코토는 통역 일을 한 적이 있는 네덜란드 학생에게

부탁해서 교재의 프랑스어를 먼저 읽게 하고 다른 학생들은 그것을 네덜란드어 번역과 스스로 대조해가면서 반복하여 쓰고 외우게 했다. 그로서는 어쩔 수 없는 자구책이었지만, 놀랍게도 한 학기가 지나자 프랑스어를 전혀 몰랐던 학생들이 문법 규칙을 이해하고 프랑스어로 말할 수 있게 되었다.

통념대로라면 교사는 설명하는 사람이다. 그런데 설명 한마디 없이 학생들이 무언가를 배울 수 있다니! 자코토는 새로 발견한 교육법이 경이롭게 느껴졌다. 이미 알고 있는 것과 낯선 것을 연관시키고 기억력을 발휘하는 것만으로도 외국어를 배울 수 있다면 다른 것들을 배우는 일도 가능하지 않을까. 그는 같은 방식으로 학생들에게 문학, 그림, 수학, 히브리어, 아랍어 등도 가르쳤고 결과는 성공적이었다. 이제 새로 발견한 방법으로 가정교사를 두거나 학비가 비싼 학교에 갈 수 없는 가난한 아이들도 충분히 배울 수 있다는 생각이 들자 그는 몹시 행복해졌다. 이 방법은 모든 사람에게 모든 것을 가르치는 교육법이라는 뜻에서 '보편 교육'이라고 불리게 되었다.

랑시에르는 자코토의 사상에 감동받아 『무지한 스승』을 썼다. 그가 특히 주목한 것은 보편 교육이 전제하는 교사와 학생 사이의 '지적 평등'의 원리였다. 학생이 교사의 설명을 통해서만 배울 수 있다면 늘 교사보다 지적으로 열등한 존재일 수밖에 없다. 그러나 아기들은 교사 없이도 모국어를 배우지 않는가. 설명할 때만, 그리고 설명해준 것만 아는 사람은 설명자에 예속된 존재이다. 혼자서 자신의 고유한 방식과 자신에게 맞는 속도로 배울 수 있을 때 그는 자유로워질 수 있다. 좋은 교사는 유식한 자가 아니라 해방된 자를 만드는 교사이다.

가령 시를 가르칠 때 교사는 학생들이 시에 대해 자유롭게 말하고 그 대화에서 기쁨을 느낄 수 있도록 도와야 한다. 그러기 위해서 그는 전문가의 시 해석을 미리 알려주지 않는 사람, 학생이 시에서 읽어낼 의미를 앞서 정하지 않는 사람, 그래서 학생이 배우게 될 어떤 것에 무지한 사람, 다시 말해 무지한 스승으로 남아야 한다. 그는 학생이 주의를 기울여 알아낸 것이 무엇인지 계속 물어봐주고 학생의 말에 경청하기 위해서 곁에 머물 뿐이다. 랑시에르는 이것을 예술가의 '해방하는 수업'이라고 부른다. 평등이 필요한 것은 시인과 독자도 마찬가지이다. 시인은 독자들이 제삼자의 설명 없이도 작품에 공감하고 자신들의 고유한 시선으로 그것을 읽어주길 기대한다. 시인 자신이 누군가의 설명 없이 사물과 직접 만나며 배운 것을 작품으로 썼듯이 말이다.

그런데도 난 시를 이해할 수 없을 거라는 두려움을 떨칠 수 없다면, 자코토의 말대로 해보라. "배우라, 되풀이하라, 모방하라, 번역하라, 문장을 뜯어보라, 다시 붙여보라." 그렇게까지 할 마음은 없다고 당신은 말할지도 모른다. 바로 그것이다. 여기서 "'나는 못 하오'는 '나는 하고 싶지 않소. 이런 수고를 내가 왜 하오?'"를 뜻할 뿐이다. 그런 마음이라면 시집은 덮어도 된다. 다만 당신이 정말 원하는 것을 배우려 할 때 이 무능력(나는 할 수 없다, 나는 이해를 잘 못 한다)이라는 속임수를 마음에서 떨쳐내라. "이해할 것은 아무것도 없다. (…) 이야기할 것만 있다." 이제, 용기를 가지고 그 이야기를 시작하라.

후배 학자의 비판적 인용을 통해 생명 얻은
그리스 철학자들

『소크라테스 이전 철학자들의 단편 선집』
김재홍 외 옮김, 아카넷, 2005

『소크라테스 이전 철학자들의 단편 선집』(이하 『단편 선집』)은 기원전 5~6세기 그리스 사상가들의 글을 모아놓은 책이다. 원 저작들은 사라졌지만, 호메로스, 플라톤, 아리스토텔레스, 심플리키오스 같은 후세 학자들의 책에서 직접 인용되거나 요약된 단편들이 수록되어 있다. 여기 실린 글들은 시인 호메로스나 철학자 플라톤의 글보다 더 시적인 느낌을 준다. 두 저자도 문학적인 것으로 정평이 나 있지만 그들의 책에는 시의 요소보다 힘센 무언가가 있다. 호메로스의 『일리아스』에는 빛나는 한 문장에 멈췄던 눈길을 바로 다음 문장으로 넘어가도록 빠르게 재촉하는 서사의 힘이 강력하다. 플라톤의 『향연』 역시 멋진 비유로 가득하지만, 잔칫집에서 소크라테스와 그 밖의 등장인물들이 나누는 대화(주제가 사랑이다)를 듣고 있으면 인물들이 각자 펼치는 일관된 논리의 손아귀에 붙들려 우리도 골똘히 생각에 잠기게 된다. 전체가 파악되길 기다리며 우리 앞에 광대하게 펼쳐진 사유의 전모를 살피느라 시적 요소들을 음미하는 일을 잠시 잊어버린다.

　하지만 『단편 선집』에는 두 힘이 약화되어 있다. 시간의 위력이 이야기의 관절과 논리의 관절을 부숴놓았기 때문이다. 탈레스, 피타고라스, 헤라클레이토스, 파르메니데스,

제논, 데모크리토스 등등 소크라테스 이전에 살았던 철학자들도 소크라테스와 플라톤 못지않게 흥미로운 이야기와 정교한 사유를 펼쳤을 것이다. 그러나 그들의 책은 대부분 유실되었다. 우리가 읽을 수 있는 것은 후배 학자들의 마음에 들어 선택되었던 몇몇 단편들뿐이다.

헤라클레이토스는 말했다. "나는 나 자신을 탐구했다." 자기에 대한 궁금증은 인간의 보편적 속성인 것일까? 그러했기에 이 문장은 오랜 세월 동안 살아남았을 것이다. "페르시아의 왕국을 갖기보다 오히려 하나의 원인설명aitiologia을 찾아내기 원한다." 원자론을 완성한 데모크리토스의 말이다. 그는 로또에 당첨되는 것보다 사랑하는 이의 죽음의 원인을 알기를 더 원하는 사람처럼 원인 규명에 대한 강렬한 열망을 가지고 있었던 것 같다. 화산 분화구에 몸을 던진 엠페도클레스는 말했다. "불화와 사랑은 여전히 맞서 싸우고 있다." 이 싸움에서는 누가 이길까? 애초에 사랑을 싸우게 만든 불화의 승리일지 모른다. 그는 이런 말도 남겼다. "슬프다, 입술로 살코기를 먹는 끔찍한 일을 내가 꾀하기 전에, 왜 일찍이 비정한 죽음의 날이 나를 파멸시키지 않았던가?" 고대에도 엄격한 채식주의자들이 있었던 것일까? 채식이 아니면 죽음을 달라는 비장미가 느껴지는 문장이다. 엠페도클레스는 채식을 하면서 낙관주의자로 사는 것에 대해서는 특별한 언급을 하지 않았던 듯하다. 이에 관한 인용문은 찾을 수 없다.

단편들은 저자가 하려던 이야기를 원래대로 전해주지 않는다. 인용과 필사 과정에서 기록하는 이의 마음을 찌르는 것들만 남았다. 기록한 사람이 적이든 지지자든 구태의연하고 평범한 문장을 굳이 옮기는 경우는 없다. 결국 새로운 아이디어로 강한 반감을 주거나 깊은 공감을 불러내는 것, 기록한 이의 시대에 센세이션을 일으킬 만큼 획기적이고 참신한 내용을 가진 것만이 살아남았다.

고대 사상가들이 남긴 날렵한 사유의 조각을 읽다 보면 이런 상념들이 떠오른다. 첫째, 좋은 친구를 갖는 일이 중요하다. 하나의 사상을 오래 살아남도록 만드는 요소는 무엇일까? 소크라테스보다 그 이전 철학자들이 덜 위대했던 것은 아니다. 소크라테스는 책 쓰는 일에 취미가 없었고, 그래서 한 줄도 쓰지 않았다. 하지만 운 좋게도 그에게는 그를 열렬히 존경하고 철학적 이해력이 높은 데다가 심지어 문학적 재능까지 갖춘 제자 겸 동료 플라톤이 있었다. 플라톤은 스승과 함께 다니며 스승이 다른 이들과 나눈 대화를 열심히 기록했다. 소크라테스의 사상으로 알려진 것들은 모두 플라톤의 각색을 거친 것이지만 각색이 매우 훌륭했기 때문에 오랜 세월이 흐른 뒤에도 소크라테스의 이름은 철학자의 대명사로 남게 되었다. 그런데 같은 행운이 다른 이들에게는 찾아와주지 않았다. 철학의 시초로 알려진 탈레스는 그리스의 일곱 현인 중 한 사람으로서 많은 이의 사랑을 받았지만 그의 철학을 체계화하려는 열정을 지닌 인물이 그의 추종자

중에는 아쉽게도 없었다.

둘째, 좋은 적을 갖는 일은 친구를 갖는 일만큼 중요하다. 플라톤은 소크라테스의 좋은 친구이기도 했지만 또 다른 이들의 훌륭한 적이기도 했다. 플라톤이 전하는 단편들을 보면, 그가 선배들을 익살스럽고 풍자적으로 묘사하길 좋아했다는 것을 알 수 있다. 별을 연구하느라 하늘을 보다 우물에 빠진 탈레스에 대해 "트라케 출신의 재치 있고 예쁜 어떤 하녀가 그는 하늘에 있는 것들을 알려고 애썼지만 자기 뒤에, 그것도 바로 발 곁에 있는 것들을 못 본다며 놀렸다"는 사실을 전한다. 플라톤은 자기 사상을 집대성하려는 욕구에서 선배들의 말을 충실히 인용하기보다는 대부분 편집하고 비판했다. 하지만 그가 없었다면 서양 철학의 시작을 밝히는 일은 더욱 어려워졌을 것이다. 플라톤을 비롯한 후배 학자들의 비판적 인용문 덕분에 단편의 저자들은 망각에서 벗어날 수 있었고, 계속 승자와 패자가 바뀌는 사유의 원탁 모임에 매년 출석하게 되었다.

셋째, 훌륭한 책들은 새로운 친구와 좋은 적이 계속해서 필요하다. 한 권의 책이 전자책으로 영구 보존된다고 해도 2천 년간 아무도 읽는 일이 없고 그 뒤에도 내내 없을 예정이라면 그것은 사라진 책과 다를 게 없다. 『단편 선집』은 다른 사람들에 의해 '인용된 단편들의 모음집'이라는 형식을 통해, 인용될 수 없으면 어떤 책도 살아남기 힘들다는 사실을 입증한다. 이제 이 책이 더 오래 존재하려면 새로운 인용자, 새로운 비판자와 만나야만 한다.

　예상했을지 모르지만, 『단편 선집』의 주인공 중 여성은 없다. 내가 대학 시절 정규 수업에서 배운 철학자 중에도 여성은 없었다. 이후에 페미니즘 이론을 접하게 됐을 때 얼마나 신선했던가. 첫 장을 펼치기도 전, 표지에 박힌 여성 저자들의 이름이 이렇게 말하고 있었다. 너희도 철학책을 쓸수 있어! 여자 선수가 한 명도 없었던 고대 올림픽 경기장에 남장을 하고 구경 나온 여자들(발각되면 죽음을 면치 못했다고 한다)처럼 사유의 경기장을 더 이상 엿보기만 하지 않아도 된다고 그 표지들은 속삭였다. 그리스 사상을 새롭게 조명한 한나 아렌트와 마사 누스바움의 철학서들, 그리스 고전문학 전공자인 앤 카슨의 아름다운 소설을 읽으면서 더 많은 여성이 비슷한 희망을 경험할 것이다. 물론 이런 소식을 가장 반기면서도 몹시 긴장하게 될 이들은 『단편 선집』의 철학자들이다. 머지않아 그들은 더 많은 여성, 즉 플라톤 이래 가장 열정적이고 풍자적인 인용자들을 만나게 될 테니까.